心的翅膀

洛洛 著

中国戏剧出版社
CHINA THEATRE PRESS

图书在版编目（CIP）数据

心的翅膀 / 洛洛著． -- 北京：中国戏剧出版社，2024.2
ISBN 978-7-104-05293-7

Ⅰ．①心… Ⅱ．①洛… Ⅲ．①长篇小说－中国－当代 Ⅳ．① I247.5

中国版本图书馆CIP数据核字（2022）第208889号

心的翅膀

责任编辑： 邢俊华
项目统筹： 康祎宁
责任印制： 冯志强

出版发行：	中国戏剧出版社
出 版 人：	樊国宾
社　　址：	北京市西城区天宁寺前街2号国家音乐产业基地L座
邮　　编：	100055
网　　址：	www.theatrebook.cn
电　　话：	010-63385980（总编室）　010-63381560（发行部）
传　　真：	010-63381560

读者服务：010-63381560
邮购地址：北京市西城区天宁寺前街2号国家音乐产业基地L座

印　　刷：	北京百杰印刷有限公司
开　　本：	880mm×1230mm　1/32
印　　张：	7.5
字　　数：	168千字
版　　次：	2024年2月　北京第1版第1次印刷
书　　号：	ISBN 978-7-104-05293-7
定　　价：	75.00元

版权专有，违者必究；如有质量问题，请与出版社联系调换。

自　序

　　一个心愿告一段落后，我开始想写些什么，来怆想一下自己的人生。在人世中，自己是空气中没有几缕阳光可以照见的飞尘，但总想在飞腾起的那一瞬，给别人的视线增添些什么，至于会引起怎样的注视，也就不在考虑之内了，这只是另一个心愿的开启罢了。

　　水平固然有限，或许也不能打动谁的心，更谈不上完美到无可挑剔。但也许，只有有了缺欠才会推动发展，为了弥补这一次的缺憾才会迈出下一步吧。我用自己的语素表达着一份对生活的感悟,所有的灵感来源于生活中真实的存在。如果完美,不存在一定的缺失,也未必是一种成功。因为没有缺失,就没有个性,没有个性又何谈成功。如同生命本身,就是生活在期待中的矛盾组合。我认为某个时刻将会到来,而且一定会到来,那时我的期待会成为现实,之后我又期待着把它变得更加圣洁。在这种心境下,满足和实现我的期待只能依赖于时间,从另一个角度想来,我又坚定地相信并确定,时间依赖于我们……

对于什么该写,什么能写,并没有太多的考虑,只当是一种倾诉了。笔法诚然是不能称之为"熟练",但于我也算难能可贵了。所以,若是不能打动你的心,也望能获得众读者的谅解。

引 言

　　就在今天，这样一个阳光明媚的早晨，我铺开纸，握一支秃笔，在上面涂写一些零散的记忆和一些刻骨铭心的往昔，算是一种纪念，也算是一种告别吧。对一些旧的事物、一些人和我这样一颗陈旧了也布满灰尘的心。等我用文字把面前这一叠纸涂满的时候，又将用怎样的方式来面对生活，是此刻的我也无从知晓的，我只需要、需要把摊开来的纸涂满，密密麻麻地就够了。

　　窗外的空气里弥漫着热闹喜庆的味道，鞭炮声一阵紧过一阵，渲染着过年的气氛，就连阳光也是如此的清透、明朗。这是2005年的大年初三，我独自在自己的房间里安静地写字，写我的童年、我的成长和岁月过往时留下来的伤痛。沿着我生命的来路，一点一点地往回走，依稀看见小时候，那些荒烟蔓草的年纪里，永远停驻着春天的院落和院落里的那几棵安静的树，篱笆外的小道一直牵着我的那些幻想延伸，延伸到那些幻想的尽头，那曲曲弯弯的童年，是我一生都想回去的时光。

目　录

自序

引言

孤独的童年……………………………………… 3

寂寞的成长……………………………………… 19

真挚的亲情……………………………………… 31

难忘的友情……………………………………… 53

信笺上的真挚…………………………………… 81

那样一场路遇的荒诞…………………………… 97

迷离过后的掌纹………………………………… 111

世界的约定……………………………………… 137

心——零下四度………………………………… 159

内心的维系 ·· 177

发表的作品之一·作品之别 ···················· 189

发表的作品之二·好好生活 ···················· 221

尾声 ··· 227

后记 ··· 229

1
孤独的童年

孤独的童年

　　我的童年是不幸的,有着淡淡的忧伤和痛苦,也充满着暗淡和幸福的颜色。因为它不同于别人的童年,有奔跑、捉迷藏,甚至于摔倒之后的疼痛……这些我都没有过,但有想象,也知道那是一种快乐。只是没有体验过那种快乐是怎样的感觉。

　　从有了思维的那天起,我一直认为自己的出生是上天的作弄,是父母的错误。是作弄也好、错误也罢,我终究是被命运牵引着来到了这个世界上。尽管我并不喜欢这份厚重的恩宠,但这一切是由不得自己的,我只有被动地接受。无论作弄也好,命运的安排也罢，甚至所谓善良人的奉劝："你就这命，你就认了吧！"我还能说什么呢？只能用自己所有可能的努力去承担命运的安排，失去了感恩，也没有抱怨。

我出生在乡下，那个地方很安静，很小，也很偏僻，医疗条件也是很差的。听说我已经开始蹒跚学步了，开始牵着大人的手指，迈着婴儿歪歪斜斜零乱的步子，那一定是很快乐的感觉，相信一定是，只是太短暂了。后来，突如其来的一场发烧，让我彻底告别了那样的快乐，那样的体验是我这一生都不会再有的了。因为我没服小儿麻痹糖丸就被感染上了这种病毒，其实糖丸已经在医生们的手中了，只是被他们放到了过期。直到我病了以后，直到爸爸问及糖丸的时候，他们才突然想起来，但是，当他们拿出那些已经融化了的糖丸的时候，我的命运，也早已由柔软变成坚硬，这种质变成为一个杀手，扼杀了一个鲜活的灵魂的羽翼，使一个生命的多彩完全黯淡了下去，从此，我的命运像是被一块难以雕琢的"丑石"所遮蔽。

因为是这样，所以有着一圈异于常人的光环，它是如此的暗淡，却也笼罩了我的一生，那就是——自卑。

虽然是这样，我却厌恶无知……

依旧是在安静的乡下继续着我安静的童年生活，记忆中那是我感觉最快乐的一段时光。每当想起那段乡间生活，就像翻阅一本珍藏已久的画册那般清晰、温暖、纯净，仿佛这一生的快乐都消耗在那段日子里了。

我没有因为自己和其他小孩的不同，忧伤地哭过，和周围的环境一样，我很安静。总是让幻想随着不断升起的炊烟，缕缕弥散在醉人的夕阳的缝隙，我期待着有一天那些幻想会实现。于是，时光便在这样一种期盼中滑过，不知疲倦。

那时，对爸爸的印象感到陌生，他是教师，在很远的城市里教书。一年只回来两次，一次是暑假，一次是寒假，每次待在家里的时间是二十天或一个月左右，像是一个客人，来去匆匆。尽管我们很少见面，但我想他，这种想念是与亲缘相伴而来的。家里只有妈妈支撑着我们的家，简单而温暖。妈妈也是教师，我们过着普通的农家生活，春秋冬夏，日出而作，日落而息，平凡又辛苦。在我固定而枯燥的生活中，她的那些疲惫而坚强的剪影，蔓延着黄昏，蔓延着我的整个生命，如同烈火一般跳动的场景，跳动在我的内心，生生不息。

记忆最深的是那些看露天电影的情景。

妈妈总是给我包一个被子，圆乎乎地，确保我不会被冻着，再抱着我走很长的一段路，去看露天电影。途中要经过一个很深的沟，路面全是石头，白天走起来都要小心又小心，何况晚上。

有一回，也是去看电影，妈妈抱着我走在那个沟里，狠狠地摔了一跤，隔着被母亲紧紧抱住的被子，我不觉得哪里疼，所以也没吭声，妈妈抱起我接着赶赴那场电影。当时我的年纪太小，并不能理解电影里面的内容。那个时候，我更喜欢的是看露天电影的同时，还能看见满天的星斗，低垂得似乎伸出手就可以触摸得到，它们是如此的明亮，像大滴大滴的眼泪。偶尔有流星，我贪婪的只想把它们都接在手中。通常一场电影我是坚持不到最后就睡着了。在深蓝色的夜空繁星点点的下面、母亲温暖的怀抱中，慢慢睡去，梦里天堂的记忆却早已是模糊的一片。

白天，妈妈总要顶着暮霭包裹下的朝阳去上班，然后下班又到田里做事，她一个人春秋冬夏地忙碌着，用瘦弱的身体支撑着，早出晚归。光阴的流逝全凭我一个人坐在窗台边望着碧蓝的天空，胡乱地想象而离去。想山的那边是什么，山脚下的河水要流到哪里去，天空、云朵的上面有没有住着神仙，或者亡灵，比如孙悟空、观音菩萨，他们会不会在某一天踩着云彩来我的窗边用手一挥，我便可以走路、奔跑了……那样的话，我就可以去门前不远处的山上大声地问：哎，山那边有人吗？回答我的会是山那边的人，还是我自己的回音呢？野菊花漫山遍野肆意地开放着，我会采下那么多那么多各种颜色的野菊花回来，让它们的芬芳弥漫整个屋子；我会去小河里摸鱼，像男孩子那样狂野；也会很乖巧地替妈妈做点简单的事情……所有的画面犹如电影镜头的剪辑一样，连接在我的眼前一幕一幕地放映。我用这些幻想丈量着那些画面究竟离我有多远，不管有多远，我都会用心期待着，会有那么一天的……这精彩而美丽的幻想来自于露天电影，如此美好的场景，像天空一般，晴朗地抹去我年幼的孤单，也像被风吹过的沾染了少许灰尘的白衬衫。没有太多语言的对白，那样流淌着清澈而简单的日子，也让我感觉到力量、感觉到幸福。

儿时，我曾因尿裤子被妈妈打，在当时，那是很委屈的感觉，因为我不是故意要那么做的，真的不是。但妈妈的巴掌让我知道，那是我的错。好在我的记性很好，为了同样的错误不再犯第二次，我开始控制自己，尽量少喝水，即使口渴，也要忍着，直到成为一种习惯，也直到长大一些才明白，妈妈是在用她的方式教我懂得什么是尊严。即使卑微，也要活出人的尊严！这是做人最基本的品质。所以，我不记得妈妈的巴掌落在我身上时的疼痛，只在心中默默地感激着，她对我的良苦用心和深沉而不带只字片言的爱。

最让我有孤独感的是午睡醒来的时候，发现房间里只有我一个人，周围的那种安静让我惶恐、害怕，有很多次我哭了，哭得昏天黑地，可就算是哭了也没人来安慰我，流出来的眼泪也只能自己擦干净。后来我知道那种感觉叫作孤独，再后来，不想再有那种孤独，也就很少再睡午觉了。现在，每当想起这个情景，总是会泪湿眼眶，仿佛又回到当时慌乱的局促中。真想伸出双手去拥抱那个因为害怕孤单而哭泣的小女孩，可我却不知道该怎样去做。有一点我很清楚，我接受了孤单，并享受着孤独。

我有两个叔叔，他们分别住在我家的两边，这之间是一墙之隔。西边叔叔和我爸爸一样，是教师，他在县里教书。听说爷爷在爸爸和西边叔叔个把岁的时候，就带着他俩在外求学了。我爷爷那时是很有学识、有名望的校长，一直推崇"学无止境"的精神，字也写得好。那时，他和我们住在一起，脾气暴躁，却心地善良。西边叔叔家有哥哥、姐姐，东边叔叔家有哥哥、姐姐，我们是同一血统同一家族的兄弟姐妹，相互温暖、相互关爱着一起度过最初的时光。

我喜欢西边姐姐，觉得她像极了一种花——百合。她算不上漂亮，总梳着长长的辫子，眨着明亮的眼眸，穿着橘色花边的衣服，干干净净。和她在一起安静的感觉，就像百合花，有淡淡的清香弥散在四周。

在我家的屋子里，窗台上总是有着各种鲜花插在透明的玻璃瓶子里，是西边姐姐从山里采来给我的。有了这些花儿，让我对幻想的期待也充满了希望，漫无止境。每次看见西边姐姐和她手中的鲜花都有种融为一体、无以比拟的美。那是我一位数的年纪里对美的感知，来源于西边姐姐，那般清淡、悠远，直至今日。

听大人讲故事的时候，西边姐姐安静的样子更像是成熟的女人。我总是迫不及待地想听结局，就不停地问："那后来呢？"

西边姐姐用大人的语气哄着我说："听着，等会儿就知道了。"

过了一会儿我又问："那后来呢？"

她再用同样的语气对我说："听着，等会儿就知道了。"

我看着她，坏坏地笑，还问："那后来呢，那后来呢……"

阳光洒落在我们的身上，是那样的温暖，那仿若被微风拂过一般的童年，就这样，在我的记忆里匍匐，挥不去的是我这一生的牵绊。

其实最动人的是西边姐姐玩跳皮筋儿、跳格子的游戏时脸上的灿烂，更像是一朵盛放的鲜花，她开在我的窗外，让我幻想是自己。"一二三，三二一，马莲开花二十一……"有时这样的梦也非人力所能控制的，只能用单纯的想象，在想象中行走、奔跑于山野、嬉戏于水中鱼群，用想象蹦跳于假想中的橡皮筋，唱着恒久的童谣，不知疲倦……

断翼的灵魂渴望翅膀，我总坚信我的灵魂也拥有灵魂，而且她会飞，带着我的意识一起遨游，飞越的空灵如澈。

坐在房间里的大床上，天空渐渐暗淡下来，我像个老人一样在暮色中拼接着那些模糊又清晰的记忆碎片，用纯粹的心情将它们整理，整个画面就像一帧一帧的圣诞卡，背景是春夏秋冬，点缀是日月星辰,主角是我们,不谙世事的孩子。

即使卑微也需要快乐的点缀,我小时候也是蛮调皮的。

家里的猫抓老鼠回来吃,我目睹着那残酷的场景。看着猫一点一点把老鼠吃完剩下尾巴时,嘴边残留的血浆,心里是一种隐隐的痛,但只是一刹那。之后,我就拿起那根细细长长沾染了无尽惨痛的尾巴喂猫,谁知它并不领情,还把我的手指咬破,我的血沿着一种作用力的方向流了下来,我哭了,满心的委屈。从那以后我特怕老鼠,后来想想,那只老鼠才是最无辜的,它招谁惹谁了!

恍惚记得童年记忆里的一只蜜蜂在污浊的玻璃上拼命乱撞,一定以为那是可以回家的出口。我看着它不懈地努力着、失败着、循序渐进着……我想推开窗子放它出去,刚伸出手,我的手背就被它蛰了,疼啊,像针刺的一样。我看着肿得像馒头一样的手,伤心地哭了,满心的委屈,没有语言的沟通,它伤害着我的善良。

一天下午我和西边哥哥一起睡觉,他很快睡着了,玩儿累了的孩子总是很容易就睡着,而我醒着,孩子的好奇与调皮的推动下让我不由自主地心想:凭什么他睡得那么熟,而我却辗转着睡不着呢?于是,我拿来用于驱赶蚊子的"风油精"在他细白的眼皮上涂,没有两分钟他醒了,睁开潮红的眼睛,眼泪哗哗地流。我看见他那个样子,吓坏了,内心的忏悔与自责不断摧毁着当时因好奇所带来的一切快感,只知道,这下完了!

"没事,不是我哭了,是眼泪自己流出来的。"

"那怎么办啊?"我用蚊子似的声音说。

他一边用冷水洗,一边说:"没事,不疼。"可是他越这样说我就越心疼,我当时只知道我要好好补偿他,只知道这样想,却仍然无能为力,我惶恐地看着他那湿红的眼睛,满心愧悔。

过一会儿不流眼泪了,可他的眼睛还是红红的。

我的眼睛也红了,有泪水流下来,心中产生了一丝说不出的滋味,当时不知道那原来叫作"感动与愧疚"。

东边哥哥的年龄相对小一些,和我的年龄相近,我们总是给彼此讲若干的故事听,他也只在我的周围转,不出去乱跑,到黄昏大人们从田里回来,他是蛮乖的。

我们在一起玩儿的时候,他让我背他,我说:"我背不动你,你胖。"

"我要你背。"他趴在我的背上。

我的胳膊很快支撑不动他胖胖的身体了,胳膊肘关节部分被压得弯到前面来,疼啊,我对他说:"不行,你快下来吧,我的胳膊疼,不疼了再背,好吗?"

他惊恐地走到我面前来,看见我的汗和眼泪,就忽然大哭起来。

而我却安慰他说:"没关系,没关系,一会儿就不疼了……"

他哭着问:"那你怎么哭?"

我忍着疼笑着说:"这不是哭,是我的眼睛在下雨。"我感觉到晶莹的泪珠又从面颊的两端流下,和那片乡土融在一起。

后来我的胳膊绑上一块长条木板,整天挎着,肿得比原来粗了很多,这是我小时候常有的事,而原因却各不相同。

东边哥哥安静地待在我身边:"小妹妹,长大了我背你,你让我的眼睛也下雨吧。"

我笑了:"那很痛。"

"我是男子汉,不怕。"看着他认真的表情,我的眼睛潮湿起来。

他学着我的样子讲故事,还摘来尚未成熟的青果,那涩涩的、酸酸的味道,如同我们单纯的年纪,青涩而快乐。

我敏感的命运在那样的一段时光,每件小事都会在无形中使我无助,或悲或喜。喜与悲却都只能用泪水做诠释,能够委屈得天塌,也能感动得地动,孩童的率直可以被表现得痛快淋漓。对于人世间的世故冷暖也能体会得细致入骨,又是多舛的命的早熟,验证了苦难使人成长的那句话。集幼稚与领悟于一身,承受着超负荷的风雨,让我时而畅想时而迷茫。

那些画面用一种蓝色的音调唱出了绝伦的歌,破碎的音符从悲凉中穿插,生生不息……而甜美的如同春风下和煦阳光般记忆中的人,也都已成为我内心闪闪发光的最宝贵的珍藏,如影随行,总是说着不离不弃、不离不弃……

给我触动最深的是西边姐姐背着书包迎着朝阳上学了!"六一"学校的活动是带着他们到山上去。在我的窗口能看见山坡上那条蜿蜒的小道,他们奔跑的身影,胸前飘扬着的红领巾,唱着《我们是共产主义接班人》的歌声。红色的他们,绿色的树,蓝色的天,那是属于他们的色彩,一切美好得如同梦幻。在他们,那是可以引以为荣的标志,在我那是无以名状的感伤。我清楚地知道自己和他们的区别在于,我永远不能像他们那样,戴着红领巾,唱着激昂的歌,奔跑在校园和山坡上,不能像他们一样由老师带领着感受"六一"是怎样的一种快乐。我所渴望的大都难于实现,因为实现不了,所以更加渴望。就在那一刻,疼痛第一次渗入到我心里的每个角落。

我的启蒙教育完全得益于我的母亲,在一些惩恶扬善的童话故事、一些抑扬顿挫的汉语拼音,及如何查字典。一些静谧的晚上,妈妈安静地坐在桌子边给远处的人写信的情景,诸多的言传身教,都是我吸取的最早的文字养分。

永远记得那个围着炉火的冬天,我用左手拿起火盆里熄灭的一块炭,在盆沿上按照墙壁上报纸的字,写下第一个字时喜悦的心情,那种激动无以言说,是谁都不能理解的。那个字是"的",和任何意思无关的一个字,宛如我的命运,与世无争,可有可无。

我以为自己会写字了,就和学校里上学的孩子和西边姐姐接近了一步,为这一步,我付出着千百倍的辛苦也不觉得苦。殊不知,其实那还像天边的彩虹,遥不可及呢。

窗台是我的书桌,因为每日的厮磨,水泥的棱角被我磨得圆润而光滑。我喜欢一边写字一边等妈妈从田里归来时对我的呼唤"群儿……",幸福就在那一声声的呼唤当中蔓延着我的整个童年,所有的快乐也都浓缩在那段时光里,再也找不回来了。

夏天里无数的日子,妈妈在院子里铺块破席子,让我在上面晒太阳的同时,看着鸡不要飞进菜园子里吃菜。这个时候小猫、小狗都会到我身边来,与我相伴,我示意它们躺在我怀里,然后我拍着它们入睡。小猫在我怀里肆无忌惮地伸着懒腰,像个婴儿,而我则像个母亲,有时我也会随它们一同睡去,直到妈妈从田里回来。

那大片大片向着太阳方向生长的花，铺天盖地地蔓延，像流淌的阳光，是我最喜欢的画面。我曾以为这片片段段贯穿着幸福的时光，会是我们东边西边的兄弟姐妹一辈子的生活，我们永远不会有分离的时刻。但是，生活就是生活，它要随着现实而变迁，就像河水总要流淌，但也允许一些沙石的沉淀。

一个万物复苏布满杨花的春天，我们相互道着别离，西边叔叔家随叔叔搬到县里，我们随爸爸搬到城市里，结束乡间的生活。就这样分开了，各自方向不同地分开了，初次体验离别是疼痛的。我更深地看着窗外的那座山、那些树、那些花儿，它们还会开放吧，在我生命的每个角落静静地开着，为留下来的人和离开的人。我们就像蒲公英一样被风吹散了，从此人海茫茫。我知道我这一走开，这儿将永远不再属于我，好在曾经我们彼此拥有过春秋和冬夏。这一时一处的风景将终其一生雕刻在我的记忆深处，永远清晰……

有些愿望和幻想还没实现，那就算了吧，在最后的最后，穿过所有的童年岁月，我们还有开始的开始可以怀念，就够好了。

东边叔叔家和姑姑家还继续留在那里，过着清淡而幸福的日子。

我们走了，再回来时，我已是个异乡人，故乡在观后镜中渐渐远去。我的"故乡"再次出现，也只是一个名词了。从此，在我的生命当中，将不会再有故乡，我的故乡只存在我的心中。

我的成长由此开始，带着举足无措的茫然，走入人群。

离开是另一种开始，如同蜕变的过程，总要经历一些疼痛，才能变成展翅的蝴蝶。

在车来人往的城市中开始着相对清淡的生活,因为不再有幻想不再有奢求,心就静了。父母每天上班,终日履行着工作所规定的繁忙,早出晚归。我一个人有太多的时间无法填满。虽然是书香的家庭,书橱里却没有什么书,只有一种过期杂志《大众电影》,好几摞整齐地放在里面。它们成了那时我唯一的朋友。由最初的一行字我只认识几个到后来的一行字我只有几个不认识,到全部认识,其间的过程和与之相伴的艰难是可想而知的。这么做的主要目的,是为了排遣内心深处令人心慌的寂寞,我整日与它为伴。试图从中寻找快乐,像在老家时那般纯粹,为此我翻烂了一本厚厚的字典,当我看着那散落一地的碎片,才恍惚明白有些东西失去了就是一生的,再作努力都是徒劳的,没有任何意义。

城市是冷漠的,由钢筋水泥构建出的生活,多少显得突兀、僵硬、冰冷。午后的阳光顺着高高的窗棂散漫地射入房间里来,形成透明、安静而紧缩着的光柱,有微微的灰尘在其间飞舞,我的心也随之舞动,从此再没落下来,就这么飘着,飞舞在时光中。一直像个异乡人,生活在别人的风景里,生活在自己的宿命里,任凭时间在眼前流逝,这大概也算是一种毅力和坚强吧!

收音机也恰到好处地成为我那时的朋友。

卡朋特的经典老歌 *Yesterday once more* 追寻的就是迷恋收音机的少年往事:"我年少的时候常常在收音机旁边守候聆听最心爱的歌曲……"结尾处唱道:"Some can even make me cry.(昨日重现,让我流泪。)"这是我喜欢的一首英文歌,还有许多的音乐都恰当地回荡在成长的日子中，像空气一样浮游在心里，亲切而温暖。

一些经典小说也是从收音机里听来之后，又把书买回来一遍一遍地看的，比如《平凡的世界》《穆斯林的葬礼》《围城》等。一些作家同时也被我钟爱着，余秋雨、张爱玲、三毛、顾城，太多了，我喜欢他们的文笔，叙述风格，以及人格魅力，一切都好极了。

不知道看书对自己是不是一种安慰，只觉得那里面仿佛寄存着人世间的一切道理，在那些清寂的时光中如流水般平缓地淌过，一滴一滴渗入骨髓。我在不知不觉中开始沉默，开始和现实的生活脱轨，无意识地疏远，完全不知道其中过于完美的生活和现实有时候差距很大。我买来日记本，用幼稚的文字和自己对话，我记下每天的琐碎和枯燥，当作是不愿意时间苍白地流逝在嘀嗒之中，结果它越来越多地成为一种交流方式，和我自己。我一本一本地写，写完了再毁掉，其间没有人过问，也没有人为我修改，对与错的概念模糊。精神世界里有太多幼稚的一面，但都是真实的，是自己能够容纳的，能够欣赏的。

② 寂寞的成长

寂寞的成长

　　同一时期认识一些朋友,最开始是爸爸同事的孩子,后来是他们的同学、同学的朋友、朋友的朋友,很经典的一句话"朋友的朋友就是我的朋友!"那时候没有意识到我们可能会是一辈子不相忘的人,都还是孩子欢笑的纯真年代。

　　每天放学的时候他们会在楼下叫我的名字,然后我把家门钥匙从窗口扔给他们,就这样,我们一起度过每个黄昏、每个周末和整个年少清澈的时光。他们在我家写作业,之后会讲一些学校里面发生的有趣的事情。我们一起看动画片《机器猫》,一起喜欢阿蒙的形象。喜欢在学校的操场里，他们练习骑单车、打羽毛球，我在阳光的笼罩中为他们数着每场欢快的输赢……操场是我最喜欢的地方，里面漫步、运动的身影，在我看来都是最美的画面。当时，我的轮椅是从学校借来的，不好用，所以我的朋友们推着我奔跑时，摔下来过，在与地面相撞的时候，很疼。但在今天那些都成了最美好的回忆，我们真挚地欢笑着一起成长。

槟子、杨华、王哲、刘晓颖、袁丁、清清、燕子，这些朋友的名字和面孔，就是那么真实而生动地交织着进入我生命中最初的时光，让我着实体验到友情的美好。清晰而持久地刻在记忆里，永远也抹不掉。那个时候总感觉天很蓝，蓝得透明，仿佛能够透过苍穹，看到宇宙之外的恍惚，看到上帝在幕帘背后对我暧昧地笑。我喜欢夜里澄澈的天空，它会让我看到我最喜欢的仙女座；我喜欢朋友，他们让我感动，让我不再孤单。

我的许多知识都是来源于这些朋友。槟子、杨华教我数学和英语。记得当时我对数字的迟钝，让槟子头痛好一阵子呢。但她一直坚持着耐心而细致地给我讲解，我痛恨过自己的笨，她却说我笨得可爱。而杨华教我的英语，我却学得蛮快。那些字母、音标、单词，她教过一两遍，我就能记住不忘了，还能通过音标准确地读出陌生的单词，也能写下来。槟子不明白，我也不明白，我们一同笑起来，那种感觉，很快乐。

杨华、王哲、清清课余的时间去画班学画，画班里总有搞笑的事情发生，他们回来会兴高采烈地讲给我，我会随着他们的描述开心地笑。但我最喜欢的是他们画的画，那些水粉、素描、色彩和枯笔淡墨，在我看来都是抽象而美好的。我总是沉浸于其中，也会发挥着自己的想象，但也仅仅是想象而已。他们那种对美的渲染，至少让我学会了欣赏和更为美丽的想象。

袁丁是安静的女孩，学习成绩出奇的好，一直是年级里最棒的。她疯狂地喜欢钢琴曲，常常会在明亮的午后，和其他的朋友挤在我的小屋听理查德·克莱德曼优美的钢琴曲，于是整个世界都充满了钢琴的声音，蜿蜒着流淌过我们的心。还有她背得很熟的那首徐志摩的《再别康桥》，让我们瞬间变得安安静静，大家投入的样子与昏黄的光线融为一幅完美也很艺术的图画，刻在我们的内心，纯净而温暖。

当我的朋友们在课堂上吸取着知识的时候，我都是一个人坐在家里，或者看书、摘抄、写日记，或者听英语磁带、写单词，也是不得闲的样子。这并不是刻苦的精神做支撑，而是喜欢这种方式打发眼前漫长的时间，否则我怕寂寞。盼望最多的是我的朋友们放学回来，聚在我的小屋里的时光。大家一起畅谈的东西有很多，兴趣、爱好和梦想，那种畅快淋漓，飘浮在空气里，幻化成一道最绚丽的彩虹，闪耀在我们青葱岁月的天空，是最美的风景，也是永恒。

就是在那个时候，这些朋友为我的今天奠定了许多基础。例如，在写东西这方面，我就学到了很多。我喜欢文字，很小的时候觉得文字很神奇，心里想说的话能够变成文字写在纸上跳动，读起来又是那样优美，有情节，有激动，也有一种缓缓的、我至今还没找到合适的词汇来形容的感觉，流淌在我幼小的心灵。直到我可以自如地运用两百多个文字的时候，我开始热爱文字，喜欢被文字包裹的感觉，熟悉的、陌生的、欢乐的、哀伤的，总能让我像个精灵，一个古怪的精灵！在文字的领域里我可以随意地释放，包括心底的声音，宣泄和平息、抱怨和感恩，是那样的淋漓尽致。我为文字付出过艰辛和汗水，但那都不重要，对我而言，那是一种欢乐的体验。只有在文字当中，我的自信、乐观和勇气才一直都在。我的思想跟着我的文字绵延成我生命中纵横交错的斑驳，同我不离不弃。

我常常在写字的间隙，看着某一片被污浊的玻璃所阻挡的天空，设想着自己、朋友及外面的人和事，美的、丑的，都记录在我的日记本里。无法预料又超乎想象的感觉，是我文字的全部内容。这证明着什么呢？也许被证明的是我的骨子深处流动着快乐的翻腾着的血浆，每一滴都是鲜红的。特别喜欢那种绿色植物上的明亮灰尘和时钟走动的声音，从来没有想过时光悄无声息地走过之后，会在我们的额头狠狠地踩上一脚。我只是静静地沿着时光流走的方向，认真而努力地摸索着自己模糊的梦想，不坚定地向前移动着它，有冷静也有彷徨。我珍惜着那些流着汗水和泪水的过程，那些情景就像血液一样沸腾在我的内心，生生不息。

偶然一次翻爸爸的相册，忽然被照片上的背景所吸引，那是占据这个城市二分之一空间的避暑山庄。里面的亭台楼阁、树影婆娑、碧波荡漾，仿若我梦中的仙境一般，在眼前荡漾又荡漾。这个具有三百多年历史的城市，竟让我有些着迷，但最让我着迷的还是那斑驳而古老的城墙，延伸着百年的沧桑，令数步之外的我遥遥怀想。我看过余秋雨的那篇文章《一个王朝的背影》，写的就是避暑山庄的那段辛酸的往事。我非常喜欢那些文字，也让我多少对这个有点古老的城市和避暑山庄有了一些简单的了解。

记得第一次去避暑山庄的时候，爸爸妈妈推着我，在一条青石板小道上，我被摔下来的感觉。脑门摔破了，流一点血，头发掉了一撮，但是好像不疼吧，只记得那湛蓝湛蓝的天上，有飞鸟的鸣叫。从那个时候开始我对这个城市、对避暑山庄产生了一些喜欢和景仰的情绪。我被避暑山庄那幽静而古朴的风韵深深地吸引着，它和外面的熙嚷嘈杂构成了鲜明的对比。那水光山色犹如用枯笔淡墨勾勒出的山水画，清新野逸的风光，让我深深地体会到陶渊明归隐山林的那份从容。来这样古意盎然的地方，最好身着长衫，走在年代久远的青石板小道，宛若清代第一词人纳兰性德一般地至情至性：

风絮飘残已化萍， 泥莲刚倩藕丝萦。
珍重别拈香一瓣， 记前生。
人到情多情转薄， 而今真个悔多情。
又到断肠回首处， 泪偷零……

避暑山庄吸引人们的不仅仅是对"一座山庄，半部清史"的探寻，还有那"谁道江南风景佳，移天宿地在君怀"的集天下名胜于一园的造园艺术。

避暑山庄是清帝以自己的本意构建的一所古典园林，是一部浓缩了历史的，也是我国古典园林建造艺术的集大成者。它以朱墙碧瓦、青砖白石向人们展示着历史的沧桑，以其深邃的内涵吸引着后人的目光。

那些蜿蜒的没有尽头的小路，我看着它，直通天涯。

我找到爸爸照片里面的风景，借着古朴典雅的背景，我也拍了张照片，放进自己的相册里。不用摆什么姿势，一举一动都自然而然地优雅起来，简简单单的一处都是理想的画面。

避暑山庄是这个城市的精髓，能够在这样文化底蕴如此深厚的城市里成长，也算是件荣幸而骄傲的事情。

生活在这个城市里，还想念着它，这是一种古怪的想法。但这感觉是很真实的、不可思议的，我怀疑自己是不是刚从唐朝归来！这个城市不是我的故乡，可我的很多第一次和铭心刻骨的记忆都发生在这里，比如说感动，比如说绝望，又比如说第一次醉与清醒……这是不用时时想起、但也注定很难忘记的。我生活在这里，或许会因为许多不满意而产生抱怨，但我相信，如果有一天我离开了这里，却一定会在哪一天突然把它想起，还会冷不丁地让我心酸起来，然后心里的忧伤会在眼前一晃一晃地。那消失了的街角和建筑、那挥之不去的记忆，即使生活在别处，也无法遗忘那份刻骨的生疼。

我一直这么认为，承德是个令我矛盾的城市。我是在它的包容和冷漠当中，学会一个人长大，也是在跌倒和坚持当中，懂得珍惜和放弃。我喜欢承德，主要是因为它的旧城墙和余秋雨描绘的避暑山庄古老的建筑和文化。但有时，我抬头看着这个城市的上空，很蓝，心里却想念着乡下老家的那种昏黄，然后就特别强烈地想离开，感觉这里不是我的城市，又不知道属于我的城市在哪里。

我的任性和安静，让我的家人、朋友体会得淋漓尽致，而我却只会模糊地傻笑着迎接每一个日出，坐在昏暗的光线中目送着每一个日落。总是从完全虚构的阅读里面，咀嚼着自己的生活，或者我该有一个怎样的人生、怎样的角色，是微笑呢，还是哭泣呢？有时会有思考、会有灵感、会有感悟，但我并不刻苦，难以想象，我若是能够坐在教室里，会是怎样的学生呢？会是听话的好孩子吗？那些儿时用树枝在地上练习写字、流着汗水的情景，我不认为是刻苦。当时，最明确的一个愿望，就是要用这样的努力换取妈妈的一个笑容，只要她对我笑一下，我就像拥有了整个世界一样的温暖、快乐。人可以迈开腿走路，也可以乘风而去，想必我的灵魂就是在飞吧。

直到有一天，我抬起头，破天荒地没有看到我最喜欢的仙女座。多少年之后，我破了那么多的天荒，也没能挽留住我与我的朋友们的别离。王哲和清清上中学的时候，随着他们各自的父母迁回天津去了。当时的街巷正在流行小虎队的歌"……在岁月的旅途中闯荡，有一天我们还是会走散……"伤感的旋律和心情，弥漫着我们的双眼。

后来，袁丁、槟子也到香港和日本读硕士、博士了，我因此常常会收到来自异国他乡的信和书籍。刘晓颖、燕子大学毕业就留在北京和温宛潮湿的南方，时不时地能够收到她们的问候，说希望我学会长大，也学会快乐。只有杨华没走得太远。她一直牵着我成长，牵着我走过悲伤，我们一路跌跌撞撞地长大了，很不容易。

如今，我算是长大了吧！在这个城市中的某个方寸的空间，呼吸着流动的不太新鲜的空气，想起了我的那些朋友、那些日子。那时，我们曾设想过那么多的可能，就是没有分离。如果还有一种可能的话，我想留下你们，这个，你们都知道吗？

和那时相比，我没有太多的变化，依旧喜欢仰望天空和星辰，寄托一份思念，给你们。你们在另外的城市和国度，还好吗？找到属于自己的生活和梦想了吗？有时也会像我一样悲伤和快乐吧！

我忘了谁说过，女人的眼泪是最毒的液体，腐蚀最昂贵的木材。我想我的眼泪大概腐蚀了我的记忆，不然怎么一想起来，总是隐隐作痛呢……

经过了人来人往的岁月，也经过了潮汐更改的起伏，有期盼，有失望，也有无助和彷徨，但我的手心一直握着你们给予的力量，坚持着走到现在。在2005年的街尾，回头看自己走过的路，你们在我身边匆匆经过，冲我微笑，灿若桃花。那样的感觉，就像你们从未离开过我。

在我生命的最初，你们来过，那些年、那些事、那一段疯狂热烈不计后果的荒诞和最快乐的体验，在今天想来，清晰得如同昨天，也恍然如同隔世。对你们，那可能是一段随着时间的推移而逐渐淡忘的记忆，对我而言，那是会让我想念一辈子的力量，也支撑着我一辈子。让我一直有梦想，虽然那梦想可能只是一点微光，也可能只在我的内心闪耀，最重要的是，我拥有着它、把握着它。

这些年的你们，都度过了怎样的日子，掌握着怎样的人生？若是再见，我们还会灿烂地如同从前的样子吗？我常常会在万家灯火亮起的夜晚，在我安静的房间里做一些祈祷：愿上苍赐我们平安和幸福。如果可能，我还是会选择你们，和你们一起走到世界的尽头，不再分离。

对于眼前这座灰蒙蒙的城市，我说不出一种具体的感觉，是爱,还是不爱?窗外的夜色是令人心醉的背景,不管它是来自哪里,都让我的爱像翅膀,也柔软、也坚强。

很长很长时间之前,我在一张过期的报纸上看到过一则社会新闻,小小的篇幅,躺在报纸版面的角落,给我一些小小的触动。我把它剪下来,夹在日记本里,写日记的时候偶尔就会掉落下来……

这则新闻的内容是这样写的:"步入秦皇岛国际饭店,四星级酒店的雍容典雅迎面而来,而随处可见的'残疾人专用'标志更让人倍感温馨;漫步这座城市的街头,更多的无障碍设施和标志,不经意间就会映入你的眼帘,成为一道亲切的风景。而这一切又成就了今天的秦皇岛;全国首批无障碍设施建设示范创建城市。

"为方便残疾人和老年人参与公共场合的活动,共享社会物质文化成果,该市从1997年就开始推行城市无障碍工程,并立下'硬'"规矩:在建筑设计审查时,必须有无障碍设施的相关内容,否则不予验收。

"——让残疾人畅行无阻 港城荣膺'全国首批无障碍城市'称号。"

由此,我想到我生活的这个城市,它还没有完善到秦皇岛的那般地步,可迟早会有那么一天,并且期待着,毕竟,这也算是这个文明城市的缺憾和败笔。

有一次我和几个外地人出去吃饭,可是因为台阶太多的原因,我们走了一家又一家,很疲惫。我记得当时那个外地人说:"这就是这个城市不文明的所在,我们那里不会有这样的情况。"

当然，如果这句话换成是承德市人说的，我或许不会有什么感觉，至少不会触及什么。很遗憾，偏偏那句话是出自一个外地人的嘴里，而我却不知该说些什么，也无话可说，但是听到那个声音，心里很不舒服，很难过。

我曾经去新华书店，却因为没有电梯不能上楼而遗憾地离开。还有许多的公共场所，比如商场、超市、广场。有时，往往因为两个台阶，便阻隔了我和你的不同，实际上，我们是有着共同热爱生活、感受生活的权利的。我不知道这个城市有多少残疾人，我只知道两个台阶带来的伤害是疼痛的。所以这条新闻一直被我保留着，想有一天把它寄给这座城市的相关领导，请他们考虑一下，将无障碍修建列入城市规划之内。让我们和生活没有距离，让这个城市再人性化一些，更完美一些。套用2005年春节晚会的那句手语：爱是我们共同的语言！

实际上，关于成长都只是一片空白中稀稀落落的几个字与词，有离别、有孤独、有距离。也有最重要的朋友。

如此淡化的成长，相对童年也只能采用白描的手法来表述，可大可小的故事，权且这样一笔带过吧。也许会在某一天，疯狂的音乐可以激发一瞬的灵感，但那也是以后的事了。

③ 真挚的亲情

真挚的亲情

我的命运犹如不加糖的咖啡,苦得就像中草药。妈妈是糖,只有加了糖的咖啡,才对味,互相溶合的味道,才是我们嘴角余留的"意犹未尽"。

妈妈结婚很晚,三十多岁才生我哥,四十多岁生下的我。妈妈经历了分娩的痛苦,将我带入人世,我一岁半的时候,她又经历了最切肤的悲痛,接受一个事实:关于我的另类人生:我只能坐在轮椅上度过接下来漫长的生活!妈妈说,我那次的发烧住院,三个月的时间,流尽她有生以来所有的泪水,那以后,妈妈的眼睛,总感觉干涩,流不出一滴泪来。我的一场高烧就像一场劫数，对我是人生的扭转，对她是一辈子心尖上的疼痛。

她是眼睁睁地看着我，由一个健康可爱的孩子，蹒跚学步的孩子，突然之间变得不能动了，身体柔软得如同她平日和好的面粉，那般疼痛，就像活生生地摘掉妈妈的心。听着医生向她宣告我病情的严重性，以及恢复的可能性是零，那种绝望，她无法承受。妈妈心如刀绞地抱着我哭，拍我入睡，在没有任何办法接受的同时，也只有哄着我不要哭了。我还意识不到自己的命运，是怎样的残酷，身上不疼的时候，会对妈妈露出甜美的笑容，这对她，或许是一点庞大感伤中的安慰。

妈妈的性格朴实善良，一直都是不辞辛苦地任劳任怨。曾经看过一幅漫画：一只牛和一只羊在独木桥上相遇，牛趴下来，让羊踩着自己的身体走过去。看完，泪水一下子涌了出来，画得真像妈妈。如此的谦让，也是母亲的作风。

小时候和妈妈生活在乡下，看她春夏秋冬地忙碌着，一刻不得闲的样子，是一种心疼。为了不影响爸爸的工作，妈妈承担着生活的重担，上班、种田、收割，全部由她一个人做。想来一个男儿也难以胜任的事情，妈妈凭借一个柔弱的身躯却这样过了许多年。

每天，妈妈对我叮嘱一番，就匆匆地去田里忙了。我推开窗子目送着她的背影渐次远离，总是掠过些许的惆怅，弥漫在我儿时的眼睛里。其间盼妈妈归来的过程太漫长了，从太阳出来到暮色降临，要经过时间安详的流转，我得看着时针转过很多圈，才能听到妈妈对我远远的呼唤，那是我童年时候最喜欢的声音。

晚上,妈妈安静地坐下来给我讲故事,时间长了,故事讲完了,再讲她夜里做的梦。无论妈妈讲着什么,我都是认真地听,耳濡目染中,知道许多的道理,以善为本,以诚相待,是做人的基本原则,这是妈妈对我的早期教育。后来,妈妈又教我学习汉语拼音,教我用左手写字,教我如何做个快乐的人,妈妈用她坚韧的性格,教会我坚强地面对自己的命运,而不是叹息和哭泣地怨天尤人。

妈妈给我准备了小学课本,白天会给我布置一些作业,晚上检查,很严厉的样子,完全没有了妈妈的温柔,而是换上一副老师的表情。看她在我的字迹上圈圈点点或者凝神的时候,我的心会狂跳不止,怕哪一处的错误,致使她对我深深的凝视,罚我重写五十遍也没关系,最怕的是,她那严肃的眼神,想必她的学生也是我这般的心情吧。像妈妈这样的教师,教出的学生又怎会不是最好的呢?

在妈妈苦心的启蒙教育当中,我渐渐学会独立看书、写字和查字典,这是我的快乐,相信也是她的快乐吧。多多少少也费尽了她的心血,作为一个母亲,她对我会有怎样的期盼吗?

在日子的清贫与温馨中,和妈妈生活在乡下,是美好的。论听话,那是我最乖的日子,因为喜欢妈妈的笑容,尽管知道能让她笑的人不是我。

忽然一觉醒来,院子的树上悄然开出花朵,满院满窗露珠滴落的芬芳,溢满我和妈妈整个甜蜜的日子。这样的春天去了、来了、又去了、又来了,是绝美的,也是幸福的。

我很爱美,非常喜欢裙子,总感觉裙子就像院子的周边,枝蔓上缠绕盛开的牵牛花一样美丽。这点不像妈妈，她一直很朴素，对衣着从不讲究，也就想不到我的感受，一直给我穿哥哥的男孩衣服，颜色单一，款式粗犷。我真想有一件裙子，穿着它和牵牛花比比谁更漂亮，这是我的心愿。终于忍不住，把心愿讲给了妈妈，可是，她告诉我，说我不能穿裙子！当时，妈妈的话，对我无疑是一种伤害。之后，关于裙子，我再也不提，只是对牵牛花有了更深的热爱，常常看着它，心酸起来。

后来，妈妈又说过，我不能梳短发。诸多的"不能"，就像宣判我不能走路一样的命中注定，所有的可能都是零。但是，梳着两根小辫子，调皮的样子，我也是喜欢的，妈妈偶尔会给我编起来，显得有一点文静。我常常对着镜子微微地笑，镜中的自己也很漂亮。她总是说，自然才是最美的。

搬到城市之后的那个夏天，妈妈给我买了一条裙子，穿着它，我抑制不住内心的欢喜，忽然想起家乡院子里的牵牛花，想起妈妈说过的话……我问妈妈：为什么说我不能穿裙子，现在又送我裙子？她说：那时候交电费的几毛钱都没有，又哪来的钱给你买裙子。她拍着我，说我穿裙子其实非常好看，像一朵花。

妈妈的话在耳边荡来荡去，句句说得我心痛，说得我羞愧难当。想到那个有些任性的心愿，一定为难了她吧。却也成了我不能言说的伤，总想遗忘，又忍不住回想，更无法受到原谅。

每当穿起那件裙子，总会想起家乡的清晨，藤蔓上开出的花朵。穿着它，相信我比那些花儿漂亮。因为，它的意义不同，是妈妈圆了我的心愿，让我那时的心愿得到了完美的展现，那是我生命中珍爱的礼物，它让我觉得自己就像一朵鲜花，盛开在后来的每一个夏天，直到我把它穿得有了破洞，起了毛边儿……

在岁月的河流中，妈妈牵着我的手，走过漫长的日子，走过春夏和秋冬。陪我度过青春的烦恼，失恋的伤痛，以及绝望和忧伤。其间弥漫的泪笑悲欢，存放在记忆的深处，无以言说，只需要扩散、蔓延在整个心上。随着时光的流逝，我长大了，母亲也渐渐地老了，那斑斑的白发，微驼的脊背，背负着多少的心事呢，世事总让她承载太多的重量。

每次在电视上或者偶尔的街头，听见阎维文的那首《母亲》，都是感慨万千，泪湿了眼眶的。想到妈妈，那艰辛的身影，憔悴的面容，还在虔诚地为她的孩子祈祷着安宁，不管自己多苦，也尽力地给予着我完满的生活。常常在她的怀里，感受着融融的母爱，心里是那么的踏实，就像拥有了整个世界的温暖和幸福。妈妈的怀抱，包容着我的任性和跌倒，宽广得如同蓝蓝的海洋。

虽然我的内心有过伤，有过痛，但我知道，温暖的春天来自妈妈的呵护、关爱和她带我接受过的年幼的阳光，这一切对我是那么重要。妈妈是我永远的源泉和力量，在这个世界上，她对我非常重要，胜过所有，包括我的生命。

最难以忘记的，是那些凄惨绝望的时光，妈妈始终的安慰，有力地支撑着我，坚持在岁月中用柔弱书写着坚强。失恋的时候，我整日以泪洗面，把自己关在房间，不声不语，有放弃生活的想法，觉得天是灰的，世界是暗的，心像死了一样冰冷，怎么也找不到活下去的勇气与意义。母亲有时沉默，有时鼓励，总是在身边重复着那句："吃点东西吧，不吃什么，怎么挺得过去。"不是想顶撞她，只是我实在吃不下任何东西，只有摇摇头，不看她积满了焦虑与担忧的双眼。

多少个日子里，妈妈陪着我出去散心，说世间的情感有许多种，需要我们用心用意地体会和感受。爱情不是唯一的，失去了它，生命也照样在闪光。说着说着，忽然一阵大雨，挡住了回家的路，妈妈在雨中推着轮椅，脚步沉稳地走着，蹚过泥泞的路途，没有停下半步。后来雨停了，我们看见天边最美的彩虹，我笑了，妈妈说，我的笑容是最美的，胜过彩虹。

我在开店的那段日子里，四个月的时间，有两个多月，妈妈步行两站地的路程去看我，之前也去的，只是隔三岔五，后来是每天，少则两次，多则三四次，往返于店和家之间。每一次的每一次，在她转过身的那个瞬间，忍在眼中的泪水总是一下子就流了出来。那样的年纪，怎么吃得消那么多个来回呢？走那么长的路，只为看我一眼。我目送着她消瘦的身影，想她可以不这样的，完全可以在家安享天伦之乐，但是她没有。秋风凌乱了她的头发，人潮汹涌的街道，我的眼睛只看得见妈妈渐渐远去的背影，拖着沉重的步伐，和风中飘扬的白发，心也跟着生疼起来。

妈妈她有没有后悔过有我这样的孩子呢？让她操心受累，直到压垮她的双肩，在她的背后，我不止一次地这样想了又想，直到想痴了过去。生命于我是一个荒谬的玩笑，它穿透了妈妈的心脏，也穿过我最柔弱的地方，生长着刺痛的感觉。

诸多病痛挣扎的日子，疼痛难忍，夜半时刻，妈妈守护着我，期待我安静入眠的神情，是焦急，又是祈盼。爱究竟是什么呢？那么苦痛，也一直紧紧地握住它，甘心地一刻也不放弃。妈妈坚定而悠长的目光，是一种踏实的幸福，睡在这样慈爱的目光里，是一种安详。

深深记得那个生命中最冷的冬天，父亲母亲陪我一起去北方最冷的城市——长春，做腿的手术。爸爸为我办完住院手续就回家了，他的学生们还在等着他回去上课呢。所以只有妈妈一个人，日日夜夜心力交瘁地照顾我，看我术后疼得休克，她百般焦急，泪流满面地一遍一遍恳求医生想想办法，不能再这么疼下去了，她实在受不了这心灵与肉体的折磨，倒不如把那疼痛换成她来替代，心里会好受一些。

主治医生也没有更好的办法，我的情况很特别，他们也在尽力，但是又经不住一个母亲的再三恳求，便开始为我注射杜冷丁，一个星期过去了也无济于事。那种痛入骨髓的感觉依旧在一次次的休克当中愈演愈烈，但是杜冷丁必须停止注射，再打下去我就要上瘾了，会终生依赖它。医生给妈妈一些口服的杜冷丁片，说疼得厉害再给我吃，但这些药物对我丝毫不管用，我的疼痛一刻也不停歇地跟随着我，体验着痛的极致，锥心的感觉。

当一切的努力劳而无功的时候，妈妈依然心急如焚地守候在我的病床边，一直关注着我，一刻也不肯入睡，看我的眉头是紧皱的还是舒展开的，这之间决定着她的心情，是稍稍放松一下，还是紧张地担心下去。每次当我模糊地醒来模糊地睡去之间，看见妈妈流着泪的脸，和那以不同形式的衰老与叹息，都是我隐隐的痛，心上永远的痛。

接近两个月的治疗时间，一直是在我疼痛的煎熬、休克和妈妈的焦急、心碎中度过的，她看着我的疼痛，会比我更痛吧，也是心上的痛。在我的挣扎与病痛面前，谁比谁更痛苦、更难过，想必只有妈妈才能够说得清楚吧。

妈妈为我做着一切,承受的不只是身体的劳累,更多的是精神的折磨,我相信世上诸多的情感,也比不得母爱的深远和永恒,对于这份伟大的爱,我们真该赋予深深的一躬。世上什么都没有了,母爱便可以使一切再生。

母亲也总是体弱多病的,这可能是在乡下过度劳累造成的。那年冬天,仿佛冬天总是会带给我心灵的寂寞和病痛的折磨,像那天气,冰冷而坚硬。妈妈忽然病了,住进了医院。我的心情痛苦而紧张地悬起来,眼泪下意识地流,对我那像天塌一样。妈妈是我精神的全部,我的神,我的整片天空。她病了,我却不能够在她的病床边,为她倒一杯水。这是我最绝望的悲伤,心底最深重的疼痛。

姑姑说:"点一炷香,跪下来虔诚地为你妈妈祈祷吧,或许这样,她会好得快一些。"

我说:"让我来吧,我愿意为她跪拜祈求,只要能让她恢复,让我做什么都可以。"

姑姑点上一炷香,帮助我跪下来。由于我的左腿做过手术,里面的钢板还没取出来,这个动作做起来非常艰难,也很疼,但是我的心愿是很明确的,所以这一切我都能忍受。

眼看着那炷香一点点燃尽,我祈求着上天的眷顾,祈求着妈妈的安康和长寿,以及晚年欢乐的天伦和幸福,这对我是多么的重要,胜过自己所有的感受。

两个多小时之后,我一直跪着,到那炷香燃烧到最后,腿上的疼痛由最初的强烈,渐渐失去知觉,变得麻木,而心里的愿望却是清晰而愉快的。

不久,妈妈的病情逐渐好转了,我的心也随之踏实下来,是她的善良一直感动着上苍,所以才会如此的平安和幸运。妈妈是好人,好人会一生平安的!

写到这里,我想做个祈祷,祈祷来世,我们继续做母女。不同的是,让我做妈妈,把她今生给予我的爱,再毫不保留地还给她吧。身为她的母亲,我会竭尽全力换取她的笑容,也会爱她、疼她,像她今世一样的,直到地老天荒。

走遍这个城市的街巷,寻找着那首《母亲》,或许是闫维文的唱法不很流行,比不得当今小天王周杰伦,任意就能找到他的每一首歌。我问了好多个音像店,他们都表情茫然地摇摇头。耀眼的阳光下,妈妈和我一样汗流如雨,但笑容纯粹。耳边忽然响起《真的爱你》,在喧嚣的人群中唱得如此清晰,对母爱诠释得也是如此到位:

无法可修饰的一对手,
带出温暖永远在背后。
总是啰唆终关注,
不懂珍惜太内疚,
沉醉于音阶她不赞赏。
母亲的爱,却永未退让。
决心冲开心中挣扎!

亲恩终可报答,
春风化雨暖透我的心,

一生眷顾，无言地送赠。
是你多么温馨的目光，
教我坚毅，望着前路，
叮嘱我，跌倒不应放弃！
无法解释，怎可报尽亲恩，
爱意宽大，是无限。
请准我说声，真的爱你！

犹记起温馨的一对手，
始终给我照顾，　未变样。
理想今天终于等到，
分享光辉盼做到。

曾经读过大连素素的一篇文章《雨中的黑伞》，里面有这样的一段话可以贴切地表述出我对妈妈的认知——母亲是历史雕塑的，母亲是一个文化栅栏中美丽的囚徒，谁都无法描述母亲的完整，谁都无法遗憾母亲的缺欠。

在我生命的旅途中，我只能在心里默默地说：妈妈，我是爱你的，但是我说不出口……

在我的生命当中，对爸爸总是没有太多的语言，一如他给我的爱，深沉得像湖水，也不需要任何的语言。

我和爸爸之间没有沟通和交流，也可以说互相之间并不十分了解，至少他对我是这样的。虽然血缘、亲缘的感情非常深厚，但是沟通起来也是那么艰难，这和小时候没跟他生活在一起有绝对的关系。那时对爸爸的印象是陌生的，一年只见他两次，寒假和暑假。在我的眼里，他来去匆匆，宛如过客，后来生活在一起，他也是早出晚归地忙忙碌碌，对工作的认真和敬业，是值得敬佩的。

他一定非常热爱那份工作。我也觉得教师是一个不错的职业，它可以每天和一群比自己年轻、不经世事的孩子在一起，看着那些清澈无比的眼睛，单纯的面孔，心灵也会得到完美的净化。安静、平和、与世无争，任凭城市的喧嚣四起，也一直平静地生活着，该是一件多么美好的事情，可以一辈子纯粹而善良。爸爸的大半生就是这样度过的，他相信正直，相信一切善良的东西，是永存的。

通过他平日点滴的言传身教，我领会得很清楚，也算对爸爸些许的了解吧。并且对他从事的职业有着一份崇尚的心情。爸爸如此的生活态度，给我的成长带来一些积极的影响。我骨子里的那些注重细节，抑郁忧伤，是继承了他的个性，敏感、聪慧和多愁善感，与爸爸如出一辙地相似。总之，我像爸爸的地方比较多，或许正是因为太像了，才彼此不了解吧。当然，这也不能说明不理解，我能感觉得到他肩上的重负，是如何的沉重。我也希望得到他的理解，像我理解他那样，大家互相理解着一起生活，而不是真情流露的时候，是背着他写在信笺上或者日记里的。爸爸也是，对我表示关怀或者爱，都是默默地做，这样的方式，也许符合我国的传统吧。

什么时候，我们能够面对面地交流，不再隐藏彼此，也不只在文字里把对他的爱写出来。什么时候我才能明明白白地将这份真诚在我们有限的生命里，向我的爸妈交代得清清楚楚呢？而不是流于笔端。

在"爱情"和"心中的旷野"里，对爸爸有过描述，那是一些我特别感动的事情，我在写着那些情节的时候，都是泪流满面、语不成句地断断续续。当然，感动的地方也不只是这些字句和篇章，诸多情节，像涓涓的流水，滋润着我填满冰冷与温情的心田。无论经历怎样的风雨变幻，只有父母的爱能够包容一切，接受着跌倒之后的伤痕累累。爱的力量是神奇的，它可以成就人世间的传奇，让悲伤的人知道感恩，也能够笑容纯粹。

我最喜欢的画面，是爸爸坐在妈妈的病床边，给她念《周恩来》的情景。是那么温馨、祥和，比起他们争吵的样子，这个画面印在我的眼底和心上，叫作幸福。

尽管是这样的父女关系，我却也安于现状地接受着一切来自爸爸的言行。使我心里产生怀疑这种冷漠的是源于表妹白云的一次夜里长谈。有这么一段时间，她是住在家中的，我俩每晚都会畅谈到深夜几个钟点。一天，我们说到窗台上水仙花的美丽时，我不经心地说爸爸每到过年之前的时候，都会去街上给我买一盆水仙，许多年从未中断过，甚至有一年因街上没有卖的了，还特地坐车去开发区那边的花农家买。她于是说出了她对于爸爸与我的一些见解。她说爸爸是爱我的，至少会是有关心。一个是水仙花的事，另一个就是她发现，每天吃饭时，爸爸都会过来推我到餐厅去，饭后还会等我吃完，推我回屋。这些天，由于每次都是表妹在做这件事，所以她就看见爸爸在饭前饭后看着她推我进出，无措无言地在中厅来回踱着碎步。在她看来，爸爸由于是一名数学老师而不善言谈，对于感情的流露更是趋于木讷。所以，每天或每年中的这几件事是他唯一可以表现父爱的途径。一旦不能亲自完成，他的内心也会觉得很失落。所以，后来的几天，她把推我吃饭的事故意留给爸爸来做，这样，爸爸才会心安许多。听着表妹的话，才隐约地觉得，原来是有一些道理的，而平日里也许我不顾爸爸的性情，体会得太少，又向往得太多，以致忽略了想得到的其实就在平日里细微的地方。那一晚，我意识到思考人性的重要，用心于小细节中感受生活是多么的让人知足。

后来在这种心态下，我开始细心地注意爸爸的举止，而后从中品味深切的情感，才觉得幸福在我的头顶也有一层光环，大放异彩。有时我也想向所有觉得没有父爱的人说：敞开你们的心灵，闭上你们的双眼，让父亲的身影在你们的头脑中闪现，你们会发现，在那最细微的地方，你们的父亲会用最含蓄的方式，表达出他对于你们深深的爱，你们也会感到异样的幸福。

我不知该说什么，在心里有个声音悄悄地萌动，爸爸，实际上我们是相爱的，但我也说不出口。

午后的阳光下，在我的阳台上，罗昊和我的妈妈一起安静地剥栗子吃，一边吃还一边研究着怎样好剥。我看着这个温馨的画面，在太阳下发着光，霎那之间就想起了我第一次吃栗子的情景。

那是在我很小很小的时候，是一个苍白的冬日的黄昏，爷爷从外面回来，他坐到我的身边。之后，他从他的上衣口袋里掏出一个深棕色圆圆的小东西，仔细地剥起来，我看着爷爷认真剥皮的动作和他手里的那个小东西，很好奇，并不知道那是什么，更不知道还能吃。爷爷很小心地剥掉两层皮,剥到最后还很完整,然后放进我的嘴里,那味道真的很甜。

我问爷爷:"这是什么?"

爷爷说:"是栗子。"

"我还想吃。"

"没了,就这一个。"

我一下就记住了栗子的样子,也记住了栗子的味道。那种甜是我这一生都念念不忘的。

许多年以后,栗子不再是唯一的一颗,而我却再也没吃到那唯一的一颗,味道那么甜的栗子,因为爷爷和我已身在隔世了,而有些东西是不可替代的。

有时候,人有一颗心是多么美好,就像后来每当看见栗子,我都会想起最初的那一幕,想起我的爷爷。人心是有四季的,一路走来,一些细微的小事、一些人都会像年轮一样永久地刻在那里,春夏秋冬地和你在一起。这种感觉说不具体,不是那么快乐也不是难过,像翻看累积起来的一片片落叶,黏附在心的最底层。会破茧而出,也会化蛹为蝶,偶尔就会飞舞在心空,也会像风中的落叶般辗转反侧,生生不息。

我的爷爷,你还好吗?岁月把我们都改变了,变得一个在天上,不断向地上的我发来思念的讯息,我却没能感应得很彻底。你生前最是重男轻女,而我是你夸过唯一的女孩子,你说我聪明,你喜欢教我写字,教我读唐诗和宋词,我感觉得到你在教我不平凡。可是岁月真的把我改变了,那些生活的琐碎让我不知所措,不能把握。人情冷暖,曲终人散的落寞也让我彷徨和迷惑,让我没有主张没有方向。

我现在觉得很愧对于你,因为我没能像你希望的那样,成为一个不平凡的人,只是浑浑噩噩地承接着活着带给我如同废墟般的重压。就像我每次看着阳台上晾晒的刚洗过的衣服,还在滴着水,那是我心底流不出的最无奈的眼泪。我知道爷爷你也不能完全理解,但那都没关系,我至少在有呼吸的每一天都想尽办法勇敢了,这也是我为什么对爷爷有勇气怀念的理由,并在黑夜的尽头收到来自星空爷爷发来的讯号,一闪一闪地在风里飘扬。我读懂了爷爷对我的希望,你希望我在平凡中一天比一天坚强,也希望我放下悲伤,对未来有一点点的憧憬和渴望。那些孤单的夜晚,那些声音像敲击木琴一样,触及着我心底那块最柔软的地方,也疼也悠扬。

可是爷爷啊,你哪里又知道,那些在我眼前来来去去的人生和电影幸福的收场,上演的都是别人的梦想。我内心的憧憬和不甘,也完美也纯净也简单,不过就是一个小小的港湾,可就算是如此简单,那也是要寄予我的来生的。对此我不难过,但也决不是快乐,有一丝遗憾在我的眼前随风飘荡,像阳台上滴水的衣服,我的心早就被风吹凉了。

翻开笔记本打算写日记的时间是晚上八点多,我对着窗外的夜幕发着呆,不知所想,不知所措,那每一段消失的记忆,来不及珍惜的往事,似乎都在那里,鲜活而生动地翻涌着,弥漫着,令我这一晚不能入眠。我在这个世界上就像一颗棋子,安静地接受着上帝的摆布,我对这种摆布和安排没有丝毫的责怪,但在骨髓里却有着深深的悲哀。耳边从中厅传来电视剧的对白,又是一部关于爱的故事在上演,我的眼泪情不自禁地流下来……

很多时候,我都是把自己关起来的,只留下一个能够看见星光的阳台,我能感受到来自另外一个世界,爷爷的疼爱。

最近几天,非常想念老家,这样的季节,他们在忙些什么呢。好久没有联系过,也没写过回信给他们,不知一切可好,是否感觉到我对他们的思念呢?对于故乡,总有着无法阻断的情感,不管光阴和变化将我推向哪里,这份感情,也是一如往昔地真挚。

此刻的黄昏正浓,夕阳的余辉斑驳地透过窗子,洒落在阳台的地面上,光线明明暗暗,有若回归般地令人感动。百里之外的故乡,也是这样的黄昏吧,逐渐升起的炊烟,像梦幻,在夕阳中,丝丝缕缕地流泻着小桥、流水、人家,流泻着生命的永恒和与世无争。那层层叠叠的远山,还泛着浅浅淡淡的蓝色吧,彩虹升起的西边的方向,曾经给予着我无数的幻想,刻在我的脑中,是永远绝美的风景,有着任何地方也无可比拟的唯美。

透过那扇窗,能看见栅栏边的大门口,偶尔经过的人影,朴素而善良。那时而的脚步和着马蹄声,人间烟火的声响,打破乡间的宁静,合奏一曲生命的乐章。这支曲子时常响在我的心里,我叫它"美丽的乡愁"。

想起儿时的情景,和搬进城市之后,偶尔回去的时光,荒烟蔓草,像一幅写意的山水画,于是携带着画卷的我,总会有温暖的泪水从心底涌上来,那些时刻,那种感觉很有穿透力,是无与伦比的美。思乡的心绪跟随着我,填补着日子一段又一段的苍白,"美丽的乡愁"也响在耳边,一遍又一遍,像家乡的河水,缓缓地流过。

　　小的时候，喝过的茶水，有一种微苦，便拒绝再喝，那时不懂得品味那淡淡的香。多少年之后，喝着同样的茶水，而味道却有所不同，为什么茶是永远的，而人却不同了，有一丝怅然在里面，不浓，宛若那似有若无的香味，在杯子里泛着透明的绿，渐渐舒展，扩散开来，浓浓淡淡，耐人品味。时至今日，得到的解释，是身为异乡人内心的味道。

　　我想坐上火车，穿越路旁的树木、街巷、田野、人家和隧道，驶入故乡。好多的日子过去了，很多年不见了，一切都别来无恙吧？长满樱桃树落满碎花的院子，还一如从前地完美吗？樱花花开花落的季节，我曾安静地看着樱花树在风中摆动的样子，满天的花瓣飘来荡去，像冬天的雪，淡粉色的梦。身在其中，我闭上双眼，一心只想与它们相守到老。

　　坐在大大的土炕上，听着姑姑小姨聊着家常里短和生活的琐碎，那些平淡的事情，纯朴而生动地化解着我的风尘仆仆。推开窗户，清清楚楚地闻着花草的香气，听着飞鸟刺破苍穹的鸣叫，由远及近，似乎在歌唱，也像在说话，也许是在交流着自然中的所见所闻吧，遗憾的是我听不懂它们的语言，但是这些声音，我听着亲切也踏实。

　　曾经有一次清晨，刚打开窗子，一只麻雀忽然站在窗台上，不客气地用它坚硬的嘴敲击着窗框，专注地看着我，跟我对视，竟然一点不胆怯、不害羞，我轻轻地，不敢出声，怕惊扰了它。

　　和另外一个偶然造访的生命进行了几秒钟的对视，我内心狂喜，一瞬间，我们好像通过眼神之间的对白达成默契，彼此熟悉起来，两个生命在最基底的地方，完成了令人感动的沟通和交流，是件值得纪念、愉快的事情。任何时候想起来都非常温暖。

家乡的清静、质朴的生活，总能让我的灵魂得到安放，若是心不宁静，哪里都不会是我的家吧！

我坐在靠窗的位置，倚着窗台，静静地感受着一份浓浓的乡情，这儿是我的家，一向都是我的家，我的心一刻也不曾离开过。拿出口琴，试几个音，然后在那个幽静昏黄的窗口，我依旧吹着那首最爱的曲子——甜蜜的家。

之所以把米楠写在"亲情"里，是我一直视他如我的家人，与他之间总是有种胜似血缘的亲近。

这个干净、帅气的大男孩从一开始就和我们有着亲缘的感情，他曾是妈妈在幼儿园时候看过的孩子。那其间他的父母有事出去一个星期，妈妈下班便带着他回家里来。初次见面就没有陌生的感觉，他很顽皮、也很乖，我非常喜欢他，陪他玩着各种游戏，哄他入睡，他也喜欢我，总是对我笑，露出他没长全的小牙，眼睛眯眯地。长得胖胖乎乎特别可爱，那个天真的、小小的笑容，印在我的心里，至今记忆犹新。

妈妈上班带他回幼儿园，路上他总是哭着说不去幼儿园要找姐姐。他的父母回来之后，他也要找姐姐，于是他们便常带他来找我玩一段时间，直到他可以独自找我，都是这样。他妈妈让他叫我小阿姨，好可爱的称呼，我喜欢，他也喜欢。

似乎是恍惚之间，米楠就长大了，成为一个内向、懂事，也知道谈恋爱的大男生了。个子高高的，仿佛能够阻挡突然袭来的风雨，不再是那个把自己喜欢的巧克力、卡片之类的东西送给我的胖嘟嘟的小孩子了,而是能够分担我的悲喜,担起欢乐与忧伤的大男生,这一切仿佛是一瞬间的事情。

米楠成长得很内敛,不熟的人面前话总是不多,一问一答而已,但是笑容一直都在的,很有感染力的那种。当然对方若是他喜欢说话的人,他便也会滔滔不绝。每次经过一段时间不见面,一旦见了,他会不停地对我说发生在他身边的人和事,一件又一件,通过他生动而幽默的描述都非常有意思,听着也让人想笑。

总以为他是大大咧咧的性格,其实却是细致入微到令人感动。

记得那次我俩一起在外面吃饭,我指着邻桌小女孩手中的气球,说:"好漂亮,我也想要。"

他笑着说:"等着,一会儿我给你变出来一个。"

我惊讶:"啊,你还有这本事?"

他成竹在胸的样子,说:"不知道吧?"

我点头笑着,就知道他在逗我。

过了一会儿,他说出去一下,回来的时候背着手,笑笑地走到我的面前,说:"你闭上眼睛,看我给你变点好东西。"

我说:"人家变魔术都让看的,你怎么这么不同?"

他说:"我比他们高级呗。"说着他从背后拿过来一个红红的气球,上面画着一个大大的笑脸。

我笑,说:"谢谢。"

他也笑,说:"谢啥,喜欢就好。"

说着这话,看他的样子,像个大人,这让我想起他的年少,对他说:"还记不记得你上小学的时候,我曾因为你的多动,对你发过脾气呢。"

他说："记得，那次我以为你再也不理我了，心里很难过，隔了一个星期才去找你的，一看你和从前一样，像什么也没发生过，我就特高兴。小学所有的老师都说我有多动症。你看我现在还像有多动症的人吗？"

我大笑起来："像啊，刚才变气球的样子就特像。"

他依旧笑着，表情里面还像个孩子。

开店装修的日子，米楠挥着如雨的汗水，为我忙碌着，一会儿买水泥，一会儿买沙子、玻璃，其余的时间陪我一起在炎炎的烈日下监督着工人的进程。看着他满脸满身的汗水，衣服湿透了的后背，来回匆匆的身影，着实让我心疼。可他依旧向我展示着那个美好的笑容和那永远也讲不完的笑话。

开业之后，米楠又担当起了服务生，还是里里外外地忙碌着，闲暇的时候，优美地弹着吉他，帅气、落拓的样子，完全的吉他手形象。那个时刻，我感觉到他真的长大了，身上淡淡的烟草味道，也在宣告，他是个大人了。

一次，清晨，在店的门口，我看见米楠的脸上掠过一丝茫然的神情，一瞬即逝的表情。当时，初生的朝阳照在他的身上、头发上，闪烁着青春的光彩，而我的心，在那个刹那却隐隐作痛。真的不想看见世事的重压、破碎，侵袭他鲜活而生动的面容和善良而纯粹的内心。

我愿意他的脸上永远有着孩子般的天真，笑容甜美一如最初的表情，我希望他外表干净、内心纯粹，直到永远。

④ 难忘的友情

难忘的友情

翻开相册,抖落的都是光阴的碎片,尘土在黄昏温和的光线中纷飞,是我的福气。关于友情,上天对我总是眷顾的,这一页页翻下来,照片上的笑脸,相拥的情景,定格在那些一起成长的片段里。有争辩,有欢乐,情同手足,患难与共的朋友们,是我今生不悔的财富,在青春过往的岁月中,激荡我的心,给我有力的支撑,让我一直能看见天空的晴朗,也有勇气感知世事世人的冷暖。直到今天,一想到他们,就像拥有整个世界一样,温暖着自己内心的荒芜。所以最好的纪念方式,是合起双手,祈祷这份友情,在生命的时空里面,永远不要谢幕。

杨是我搬到这个城市里第二个结识的朋友,在成长的岁月中,我们牵着手一路走来,从年少到现在。那时,除了她上课之外的时间,我们整天腻在一起,还觉得一起的时间不够多。那些黄昏、夜晚、假日中的清晨,所有的日子,回想起来,是那么美好,那么温馨,交织着流过我的心。里面的珍藏,是照片和文字都不能诠释的,是渗透到彼此骨髓的一种感情,语言也失去了它本身的意义,显得苍白。

她非常优秀,绘画的功底和天赋也是最好,只是后来她没有选择这个专业,令人觉得遗憾。在我屋里的墙上,至今还挂着一张她的素描,画面的沉静,犹如她的人一样优雅,如此的美丽,怎么能够不欣赏、不喜欢呢。

我喜欢窗外,那个冬日的午后,飘然而至的雪花,为我们带来的欣喜。喜欢雪落在身上的感觉,像是上天的轻拂,在空旷的"避暑山庄"里面,杨细数着雪中凌乱的脚印,单纯得像小孩子,笑着等着太阳照在身上,雪把我们染成白色,都成了会呼吸的"雪人"。她不时地为我拍掉落在身上一层层的雪,口中说着"有冤的报冤,有仇的报仇啊"。那个时刻,我感觉自己触摸到了幸福,尽管睫毛和头发上残留的雪花,都结成了冰,路边百年的老树,也见证着我和杨之间纯粹而美好的友情。

记忆深刻的那次,我忽然病了,肚子痛得不行,总是吐,在医院的急诊室里输液,杨一直陪我到凌晨。后来她告诉我,那天她来找我,以为我不理她了,对她不理不睬,心里特别难过,想哭,直到看见我头上的汗水,才知道是误会。听着她的话,我感动得也想哭,为彼此的重要。我想,没有什么比我和杨之间的友情更珍贵的东西了,就算有一天她被变化带走,被爱情带走,我也会非常知足地对她心存感激。

常常背着杨送的背包,有种内心盈满的感觉。因为里面装着无法比拟的一份情感,十分美好。细数最初单纯的日子,简单而快乐。那些一起给布娃娃做衣服,共同包土豆馅饺子,我的轮椅把她的手指划破流血,带着她一起回乡下老家的时光,如今想来都美极了。无数个庸常的日子,就这样简单地生动起来,以及圣诞节、情人节也被我们演绎得很精彩、很浪漫,偶尔想起,还忍俊不禁呢。

诸多一同欢笑、一同落泪的情节,雕刻在记忆的深处,是一种与众不同的默契与快慰。在喧嚣的闹市,手心握着一份这样纯粹的情感,是多么难得而可贵的事情。我拥有着它,觉得足够了。

直到后来,我们一路成长着,到杨穿上洁白的婚纱,带走了我最温存的地方,甜蜜而忧伤。话是说过,杨结婚的那天,我依旧没有勇气参加她的婚礼,我怕内心的落寞影响给她的祝福,所以远远地为杨祈祷,一生幸福!天空忽然下起小雨,我在自己的房间,摊开相册,照片上杨的笑容灿烂,但愿不会被岁月一张张染黄吧。她走进平凡的生活,为人妻、为人母,是件好事。只是以后我得独自面对了,接受着风雨阳光,接受着人海茫茫,接受着杨在不远的地方看我忧伤地对她微笑,之前那样美好的情景,还会出现吗?

婚宴结束的时间,我接到杨的电话,告诉我新家的号码,说要像从前一样，随时找她，不要不理她，会难过的。我握着听筒，淡淡地笑了，眼中有泪光在闪动，也有对她最真的祝愿在闪烁，像星星一样布满了杨的夜空。

现在，杨的小宝贝，已经会背唐诗了，样子特别可爱，像杨一样漂亮。每当看到她们一起的画面，我从内心深处为杨感到快乐。

我们的友情还在继续，像从前一样深厚，我想的是，会直到永远。

写下这些文字之前，接到杨从单位打来的电话，说不太忙，想起我……

燕子，和杨一样，也是我从小到大的玩伴，与我和杨不同的是，她很勇敢，很坚强。遇到任何事情，都有自己的主见，懂得如何处理，使其圆满。这些是我和杨所不能及的，也是我和杨极为欣赏的，欣赏她的爽直和开朗，想什么就说出来，绝不憋在心里，等待发霉。如果对谁有好感，或者喜欢谁，她一定会去告诉对方，这是她的性格。

都说三个女人一台戏，我们的戏，主题是和谐与默契，内容是快乐，在春秋冬夏的假期、周末，或者每天的黄昏上演，没有悲伤、痛苦，只有欢笑和对未来的憧憬。那时，燕子总说，将来我们三个要住在一起，她和杨出去工作、赚钱，我在家听音乐、写文字，就这样生活，一直到很远很远的未来。大概是头发都白了的时候，三个人还一起生活着。每当聊着如此的话题，想象着彼此年老的样子，夸张着描述的语言，笑声总是响彻整个年少青葱的岁月，那么纯净而美好。

燕子喜欢林志颖的帅气，刘德华的成熟。天天念叨着要寻找这样的男生过一辈子，才不算枉来一遭。还记得大家一起为她策划，如何向酷似林志颖的男生表白的情景，认真的心跳，如同发生在昨天。不知道今天的她，是否找到这样的依靠，这样的幸福。

像她的名字一样，燕子是候鸟，已经迁徙到南方去了。好久没有联络过，不知她一切可好，是否还记得要住在一起的愿望，没能实现，偶尔想想，也是无比幸福的。毕竟我们拥有过那样的年纪、那样的时光，明亮、感伤，多好啊。三个人笑过、闹过、哀伤过、流泪过、聚过、又散了，在人海、在天涯。

前几天在电视上看到小虎队中的陈志朋，一个人泪流满面地唱着那首多年以前还没解散时的歌《放心去飞》。画面中的陈志朋，面前摊开的是他们一起时的照片，看着、听着，我也泪湿了眼眶。我们是听着他们的歌长大的，他们解散了，我们也走散了，像纷飞的柳絮一样。在喧嚣的人群中，又听到这首歌，也听到时光断裂的声音，在来路，也在去路。

我是个念旧的人，比任何人都喜欢回首自己来时的路，怀念路途中的你们，想念那段时光中的掌纹，清晰而破碎。

终于还是走到这一天，

要奔向各自的世界，

没人能取代记忆中的你，

和那段青春岁月。

一路我们曾携手并肩，

用汗和泪写下永远，
拿欢笑和荣耀换一句誓言，
夜夜在梦里相约。

放心去飞，勇敢地去追，
追一切我们未完成的梦，
放心去飞，勇敢地挥别，
说好了这一次不掉眼泪。

李说过：这一生我们就做红粉知己吧。我微笑着沉默，目光投向窗外，看见夜空有流星划过，却来不及许下一个愿望。有共同走过的似水一样温和的年华，有挥着翅膀的天使，悄然飞过，没有留下任何声响，只有那些闪耀的年华和我的一颗感恩的心，欣然接受着红粉知己。感动如同水仙的味道，弥漫着浅浅淡淡的芬芳，一点一点渗入心底。

穿过时光的隧道，回望远去的光阴，初识的你，现在的你，不变的是笑容深处的忧伤，我读懂了它，却无法破解它，这是我难过的事情，也是你的疼痛所在吧。在岁月的旅途中，步履维艰地行走着，围绕的中心都是你肩上凝重的责任和关于养家糊口的问题，只是有谁的一生不是如此呢？只愿听到你的电话，有发自内心的笑声，而不是沉重的叹息。

在钢筋水泥铸就的丛林里，陌生冰冷的人群中，来自你的理解、关爱和鼓励，带我走过那段最绝望的时光、阴郁冗长的日子，还一直站在我最需要的地方，是那么的有力量。对你，我是充满了感恩的，热泪盈眶。我能为你做些什么呢，听你电话，一直讲,讲到手机没电。问我有什么样的变化,说着笑话,说你太忙、说你很累,说得我开始感伤。我想告诉你:当你迈着疲倦的脚步,抬头仰望星空的时候,那颗最小的星星是我在看你,也许你看不见我,但我一直为你祈祷,让上苍赐你安静恬淡与世无争的生活吧,这是我的心愿,更是你的心愿。

宁静的午后,微风剪碎天上的云彩。我想起了你,也想起了你的箫声,那首《牧羊曲》在耳边悠扬地回荡。多么幸运,生命中有你,如此的红粉知己,教会我如何在熙攘的人海中,掌握平和的心境,清淡地生活,宛若居士一般,静和美好、一尘不染。嘈杂原本与我们无关,不要因为一些不尽如人意的事情,破坏了笑容的美丽,把皱起来的地方温和地舒展开吧,懂得欣赏叶子的灵魂,才能渡往彼岸的风景。

如此看来,忘记的忘记,想起的想起,最多还是你点滴的渗透,关于宋词、关于《平凡的世界》、关于林语堂、关于余秋雨、关于贾平凹和你向往的西部文化。深深的印象,是你点着我的脑门,夸我聪明,说小学二年级可以毕业了;告诉我衣服如何搭配,会看上去很美;喜欢听你讲述避暑山庄里面的典故,形象生动,胜似导游的解说;诸多从异地归来,带回的礼物,你把"一生平安"为我挂在胸前;以及落雪的时候,你摘下围巾给我取暖;还有心情最坏,流泪的日子,你的语言,关于活着,说人生的舞台,自己是主角,就算只是一分钟的精彩,也要用心诠释,无悔无憾……

直到那天,你说,从没有想过,三十岁的时候,还能和我坐在安静的午后,一起聊着从前,你做的大风筝,漂亮的蝴蝶,那时怎么飞不高呢？还说谢谢我，给你三十岁意外的惊喜，看你的风筝飞上蓝天的机会。说你一直担心，我会突然逝去，飞往天堂的角落，与你拉开遥远的距离。而我才是要好好地谢谢你，一路的鼓励、支撑，才有这纯净的相聚。把所有的字句语言和心愿，汇集成和煦的阳光，在人潮汹涌的街道，照耀着你心灵的回归吧。

闭上眼睛，看见这样一种幸福，曲终人散之后，感谢上苍，让我们还在一起，收集着欢乐与悲伤。

齐齐，十分优秀，他在准备考研，奔赴远处，漂泊的旅程。他一直有着远方的情结，仿佛那里有他的牵挂。一想到有一天，他不在这个城市，打电话，也无法在十几分钟之内出现在我的面前，心里就是一片空荡荡的难过。现在的感觉多好，虽说半年多不见，但是知道他和我在同一个城市里生活，彼此不联系，也是踏实的。

齐齐很有胸怀，一直包容着我，在光怪陆离的如今，有一个这样的朋友，是一件多么幸福的事情。天空忽然下起雨来，我在阳台上听着雨声，如同大提琴忧伤的旋律，顺着头发丝滑落下来，而我的头发正在生长，还不太长。破碎的音符在脑中回荡，压抑了银灰色的天。脑子里的影像，是过去的时光，长长的片段，渐次走过，像电影的回放，没有声音，却在不停地回想。

我把从齐齐那里抢来的拼图，拼了又拼，一遍又一遍，除了留在他那儿的两块之外，每次画面都非常完整。那两块空缺，是整个画面的点睛之处，因为还握在齐齐的手中。

我记得那个炎炎的烈日，太阳正中的时候，把齐齐拉出来在街上漫无目的地走，胳膊被晒得生疼，他却一直笑着说着开心的话。那天他带我去网吧，因为台阶太多的缘故，换了一家又一家，直到走了很长很长的路，才找到一个合适的地方。可是刚刚开机，他又匆匆地带我离开，我感到奇怪，问他为什么，他说那里太乱了，有骂人的声音，他拍着我说，不能让你学坏了。我笑起来，他哪里知道，我多喜欢坐在他的身边，看他噼啪地和网上的人说话，给我找美丽的图片和优美的文字看，其实能学到很多的东西，又怎么会学坏呢。

好多次，忽然想找齐齐，打电话，他就来了，没有具体的事情，他也从不拒绝，其中有他发高烧的时候；喜欢和他在一起，或者把他扔在一边，只管做自己的事，也是好的；朋友聚会，他替我喝酒，醉得走路晃来晃去；看他在街上，手里拿着零食的包装，四处寻找拉圾箱的样子，是一种感动。他从不乱丢拉圾，就算走很远的路，也直到找着拉圾箱。比起衣冠楚楚乱扔烟头、纸屑的俊男美女们，齐齐的品质是那么健康、美好。

由于齐齐学文，开玩笑的时候，从来说不过他，只有挥着拳头对他动武，他也不躲开，还一直说。齐齐信仰佛教，那次他的护身符突然断了，立即打电话给我，问有没有什么事，他很担心。

无论如何，悲伤、快乐抑或没有方向，都喜欢齐齐在身边，或者不远的地方，那样就不会手足无措了。一直欣赏着他秀外慧中的才志，绘画、书法、剪纸都是最棒的，送给我的，被我一张张深深地珍藏，被珍藏的还有这份纯真的情感。

雨还在下，没有停下来的意象，我把齐齐送的带着香味的蜡烛点燃,淡淡的清香弥漫开来,透过摇曳的烛光,想起齐齐兴高采烈地说:我打算考研了,支持我吧。我笑了,笑得一脸落寞:你走了,我怎么办?他说:傻丫头,现在通信这么发达,你一个电话,我就回来了,再说,也不会走得太远。

听他说话的声音,变得辽远而空旷,仿佛已经隔了千山万水一样,看他表情的坚决,只有为他祝福的份了,愿他心想事成!

我把音响打开,放上一张周华健的光盘,然后倚在窗台边,内心一片空白。随着周华健的歌,回到多年以前,再次体验当时的心境,不管欢乐与忧伤,对于现在的我,都是一种幸福。

想必此时,就是我们青春年少时候常挂在嘴边的"地老天荒"吧,毕竟,只剩下我一个人,凭借着某一段音乐、某一首歌,怀想着那些朋友们在一起的最精彩的时光了。大家都忙吧,在川流不息、车水马龙的人群中,怀着一份梦想,更多的是无奈,执着而茫然地追逐着、忙碌着。偶尔的驻足、回首,也只是愣一愣神,匆匆地一瞥,片刻的怀念和感伤,为心灵平添几分安慰,或是一些能量,之后还是继续奔波着,为了生存,也为了责任。或许活着,就该如此地活着吧,一如周华健唱得那样:

让软弱的我们,懂得残忍

狠狠面对人生每次寒冷

依依不舍的爱过的人

往往有缘没有分……

这么片片段段地拼接着,像在玩着一千块的拼图,把对过往的记忆,东拼西凑地拼在一起,成为一幅完整的图画,明亮而感伤。

外面下着雨，空气里的湿润仿佛浸染着无边的哀伤，我的眼睛和心灵，在这样的气息当中，隐隐作痛。

电话响了，是刘青承，我接起来："嗨，死家伙，干吗这么久都不理我？"

他笑着说："我可得找得着你，忙啥呢？电话号码也不告诉我。"

我不好意思地说："哪有啊，你呢，在忙什么？"

他说："我？忙！吃饭、睡觉、呆着，多忙呀。"

我笑："看看你，这么大人了，还没个正形。"

他也笑，问我："想我了吗？"

我说："想了啊，想得都快想不起来你了。"

他大声笑起来："你怎么也学成这样了？怪我，没有把你教好。说想我，不说想我，不去看你。"

"你该死！"我看着窗外的雨越下越大，想起多少年之前，多少的晴天雨天，在我家或者在外面，听着刘青承滔滔不绝的调侃，诸多情景，就像是昨天的事。那时我觉得他很神通广大，一些我不能为之的事情，就交给他，那样的时候，他总让我称他为"老神仙"。

我说他臭美，他就眼睛眯眯地、邪邪地笑。现在他还是这样，调侃，没正形。

他问："半年多你都在干吗？跟隐居似的，怎么回事？"

我微笑着说："这话没新意，同样意思的话，李说过了。"

他接着说："有这种感觉的人，应该不只我们俩，还有更多的人。"

我的心里有些酸楚："别说的跟真的一样，你不是也没有消息吗？"

他说："谁说的，我常见到李、小鹤、齐齐，就少你。"

我学着他的语气："那是你不找我。"

他说："再说，我揍你！"

我对他赖皮地笑："嘻嘻……"

的确好久没有与任何一个朋友联系过了，不是故意的，只是安静地想了想，接下来的日子如何继续，不想就过去了这么长的时间。

刘青承好像在抽烟，能感觉到他呼吸之间的烟草气息，他说："没看日历吧？快八月了！今年的'八一八'咱们大家去哪儿聚会呀？"

提起"八一八"，朋友们总是有着某种不需言语的默契，这个原本普通的日子，在朋友们的心中却是如此的与众不同，每年临近的时候，大家都不约而同地走到一起，尽管有些人已经去往另外的城市打拼、生活了，但在异地他乡，他们一定也还记得这个日子，非常深地记着，这是肯定的。

"八一八"起源于2003年，我失恋的时候。那时我的精神颓废到一定的程度，朋友们都为我担心，尽可能不给我独处的时间。他们除了上班、上学之外，所有的时间都来陪我。大家总是聚在一起放风筝、逛街，坐在一块儿听音乐、聊天儿。讲着最热烈搞笑的笑话，目的只是要带我走出情绪的低谷，阴郁冗长的日子。这就是朋友吧，一起成长、一起欢笑，跌倒了互相支撑着一起爬起来，任何时候都是手牵着手共同经历风雨，相互搀扶着患难与共地走在人生的旅途上。

那天，好像很热，大家聚在我的小屋里，聊着遇到的事。刘青承说："星期一我的同学结婚。"

李说："星期一我有同事搬家。"

燕子接着话题："看来星期一是个不错的日子，我们也找个理由活动一下吧。"

杨笑着说："人家那是办喜事，我们这帮人里，谁有喜事儿啊！"

刘青承情绪一下高涨起来，"要不我们也举行个婚礼？"

燕子和刘青承总是很默契，总能想到一块儿，她指着我和杨说："可以呀，就给她俩举行婚礼吧，好了这么多年，也该有个结果啊。"

听着她的话，大家笑起来，我也笑："搞错了吧，我俩可是女生啊。"

小鹤调皮地说："这有什么关系，就这样定吧，我做你们的伴娘。"

茂利抢着说："那我就当伴郎。"

他俩总是像金童玉女一样，互相呼应着一起去翻日历。

小鹤说："看，日子多好，八月十八号。"

茂利也说："就是，多有创意啊，大家都得参加啊，我带相机，多和两个美女照几张照片。"

一个玩笑，一片笑声，"八一八"就这样初步诞生了。

记得那天下午，我们四个女生还刻意装扮一番，我一直喜欢那种温柔的少妇形象，小鹤便给我梳了个盘头，我觉得很漂亮，杨给燕子也梳个贤慧的发型，只有小鹤是短发，没法从头发上改变形象，便自我安慰着说："没关系，反正我是伴娘，你们漂亮就好了。"

杨笑着说："看看人家小鹤这精神，甘愿当绿叶，值得学习。"

燕子拍着杨的肩，叹息的样子，说："唉，天真的孩子啊，其实小鹤才是红花，我们都是绿叶，与众不同才是最美，这你都不懂。"

杨恍然大悟的表情："是啊，够狠的。"

之后小鹤满屋子追着燕子跑来跑去。

下午5点多的时候，大家聚齐了，一致决定随意地走，途中若是看见哪家饭馆的名字符合这热闹喜庆的气氛，再进去。

李还送了我们一套画着蓝色小花的玻璃杯，说表示庆贺，我们当中年龄最大的朋友，大家都尊敬地叫他四哥，他也送了我们两个粉红色的香皂盒。说过去结婚都送这个，是美好的意思！说着这些的时候，大家的脸上都洋溢着忍不住想笑的表情，渲染得跟真的一样。

大家一边走一边聊一边笑，那一刻的我们非同寻常的快乐，身边经过的行人不时地回头看，他们是嫉妒这群人的洒脱，还是觉得我们有些奇怪得近乎疯狂呢？那个时刻没人在意这个，都只顾演绎着一场最开心的画面和最精彩的记忆，让它像钻石一样，在每个人的心中，闪耀着刺眼的光芒。

我们没有目标地走了很长的路，忽然看见一家饭馆叫"大红灯笼"，大家都觉得这个名字够喜庆，够吉利，非常符合我们这个近于玩笑的聚会。店门口的两边挂着两串大红灯笼，里面的墙上放着些根雕的艺术品,与其他饭馆不同的是少了些商业气息,而多了几分简朴和随意,与我们这些简单的人是融合的,坐下之后,感觉很好。

茂利拉着小鹤说:"咱俩这伴郎伴娘得跟新郎新娘合影留念,来来来,照相照相!"

四哥也调侃着活跃气氛:"等等,把香皂盒也摆上,这多喜庆啊!"

大家相互依偎、相拥的情景,就这么定格、闪光、凝固。我们的笑容、我们的心事、我们的青春,在那一个个瞬间,成为永恒。

席间,李端起一杯啤酒,对小鹤说:"来,我跟你喝一个。"

小鹤也爽快地端起了杯子。

李说:"希望我再去找小罗的时候,你给我开门时,少白愣我一眼就好了。"

小鹤笑起来,委屈着说:"我啥时候白愣过你呀?"

李也笑,说:"没有吗?没有就好。那为增进我们的友谊,干杯!"

李又说:"我提意,以后每年的今天,都是我们聚会的日子,不管大家有着怎样的变化、干什么,这一天都要走到一起来,同意的举起手中的酒,干杯!"

每个人都很响应李的话,同时举起了酒杯,干下了杯中的酒。一刹那,我感动得想流泪。

燕子伤感着说:"那我怎么办?大学毕业可能不回来。"

李说:"没关系,只要你的心中装着这些朋友,装着

'八一八'这个日子,你人在哪儿都没关系。我们会留着你的位子,每次聚会都会朝着你所在的那个城市的方向,为你干一杯酒的。"

看得出燕子感动了,眼睛起了一层雾水。

刘青承调节着气氛,大声说:"我看,'八一八'也得有条规定:每次聚会,勿带家属或随从。"

哈哈哈,他的话总是能够带来一片笑声。

在那片欢乐的笑声当中,我们这帮朋友痛快地释放着内心深处的声音,有抑郁和感伤,有心痛和希望,彼此间的沟通和交流,也是最简单的一个眼神,某个动作,互相之间都能够领会,互相懂得。那是一种非常珍贵的默契,我们都放在了心上,永远地珍藏。现在回想起来,那是一段最无瑕的时光,空气里飘浮的因子都是最单纯的。

第二年,小鹤的头发长了起来,恰到好处地垂在肩上,完全的一个靓丽的小淑女,很漂亮。我的头发短得像个男孩子,主要是想彻底忘记一些东西,从头开始,所以剪短了头发,剪断了一份不应该的牵挂。

依旧是下午五点多,依旧是在那家"大红灯笼",每个人都非常准时地聚到一起。李用彩带在墙上拼出"八一八"的字样,茂利把店里挂着的红灯笼也拿过来,高高地举着说:"快给我们照相啊。"

那张照片茂利照得格外帅。与第一次相比,那次聚会,好像更红火、热闹一些,连服饰都很到位。刘青承和燕子穿着小格子的衣服,很搭配的样子。小鹤和茂利也不必多说,他们的服装,边角流泻的线条，像情侣装，而这一切都是一种巧合。

那天大家聊了很多，聊到后来每个人的心都有些辛酸，眼泪在眼中打转。但是谁也说不清楚，那是欢喜，还是忧伤，或者两者都没有，那样更加令我们难过吧。

啤酒喝了一大堆，心底的话说了一大堆，午夜冷清的街道上，只有我们这群朋友，落寞的笑容，缓慢地走着。我们的青春年少也是一次一次在这样的喧哗和宁静、希望和失望中渐渐地走过。

后来的每年八月十八号，大家都是这样，不约而同地走到一块儿。一句举起酒杯相撞的诺言，就这样被我们延续至今。其间每个人或多或少都有着一些变化。燕子毕业之后，留在了南方，从此与我们隔着千山万水。

一次在电话里，她说她带着三届"八一八"的照片，走在他乡的街道上，有种内心盈满的感觉，想到"八一八"，想到这些生命中的朋友，就觉得温暖。而我们也是想她的，这种想念，也是与温暖相伴而来的。

茂利虽然没走得太远，但却也像隔了万水千山，他的感情世界起起落落，致使他看上去像是历尽沧桑。只是无论如何，"八一八"他是绝对不会错过的，不管经历着什么，为什么而忙碌。

"八一八"就像一块磁铁，一直吸引着每个人的心，无论你在哪儿，到了那一天，都不忘记我们的心是要往一块儿聚拢的，这个庸常而闪亮的日子，牵系着我们延续了这么多年。

有时候在我的小屋，小鹤、杨、齐齐、李，大家坐下来会翻翻相册，翻翻历届"八一八"的照片，看着那一张张开心大笑的脸和一些微笑的侧面，瞬间的茫然，心里是一种微酸。那是我们成长的印记和标志，其中弥漫着欢乐与忧伤，也弥漫着朝气与浮躁。那些青春的画面，一幕一幕，一段一段的剪影时光，如同蓝色的宝石，镶嵌在每个人的心上，最柔软的地方。

多么幸运，我的生命中有这样的一段光辉鲜亮的日子，这样一群真挚的朋友，伴我一路走来，在彼此一生中最好的年华，以前的、以后的、所有的空缺都被灿烂地填满了，就算真的地老天荒，我也不会寂寞了吧。

虽然相册在我们的手中，翻翻合合之间，时间的流逝已将我们逐渐改变，有些人一直在我身边，而有的人却已匆匆地离开，对于记忆中的某一个或某一些人，无论给予了快乐或伤痛，都已成为提起笔来不愿再勾画的事情，就这样一笔带过了。

挂断刘青承的电话，窗外的雨还没有停下来，音响里周华健正在唱着《朋友》，而我却想起了他的另外一首歌《真心英雄》，也许那首歌才能够彻底诠释我此时的心情。

不管曾经哭过、笑过、拥有过、失去过，现在唯一要做的就是感恩，对每个朋友的感恩，感念那一起走过的和正在走着的日子，在阳光和月光的下面，折射着光芒的八月十八号。

在我心中，曾经有一个梦，
要用歌声让你忘了所有的痛。
灿烂星空，谁是真的英雄，
平凡的人们给我最多感动。

在没有恨，也没有了痛，

但愿人间处处都有爱的影踪。
用我们的歌换你真心笑容,
祝福你的人生从此与众不同。

把握生命里的每一分钟,
全力以赴我们心中的梦。
不经历风雨怎么见彩虹,
没有人能随随便便成功。

把握生命里的每一次感动,
和心爱的朋友热情相拥。
让真心的话和开心的泪,
在你我的心里流动。

每当听到朴树的歌声响起,总会想到一个女孩,尤其是《那些花儿》,仿佛是专为她而写而唱的。

清淡的午后,几页凌乱的草稿纸,一支笔、一杯咖啡,和朴树的《那些花儿》,沉静凄然地灌满整个房间。勾勒出一个印象,清晰的女孩,空谷幽兰般地带着我进入往事,和她一起度过的短暂而欢快的时光。

那是回乡下为爷爷祭奠,也是我搬到城市之后,第一次回老家,心中竟是感慨万千,泪流满面。终于回到日夜思念的家乡,呼吸着空气都是亲切无比的。除了一张张熟悉的面孔之外,我看见一个清秀单薄的女孩,大家叫她小弟,给我姑姑家看孩子。后来和她熟了,我问她为什么叫"小弟?"

她说:"我爸妈希望能生男孩就给我取了这个名字。"

我问:"那你有小弟弟吗?"

她眼神黯淡下来:"没有,有两个妹妹。"那表情的哀伤,好像是她的过错。如此的话题,我们不再继续。

看她怀里抱着小孩子,走过来走过去,挥汗如雨的样子,是一种忙碌,毕竟她也不大,只有15岁,却负担着别样的沉重。

闲时,小弟常跑来找我,说喜欢和我在一起的安静。我笑起来,与她相比,我无非是话少一些,让她一说,好像很美的感觉。尽管长我一岁,小弟梳着两根小辫子,穿着橘色的衣服,宛若邻家小妹妹一般,笑容单纯,偶尔孩子气地憧憬着未来,她要如何改变,那些画面,完美到极致。每当看她漾着幸福的表情,都会在内心为她祝愿,希望她的愿望能够一一地实现。

她说:"因为没上过学,连自己的名字都不会写。"说着这些,她低着头,有些伤感。

我说:"如果你愿意,我教你。"

她笑笑,说:"我没时间。"我看到她瞳仁中一瞬即逝的落寞,忧伤一晃一晃的。

偶尔空闲的时候,小弟送我一些从山里采来的鲜花,她说小时候,喜欢和姐姐一起去山里玩,那满山遍野的花儿芬芳四溢,非常漂亮。后来为了生弟弟,父母把姐姐送人了!再去那些地方,一个人特别荒凉,也特别想念姐姐。听着她的话,有种说不清的酸楚。像她手里的花,散发的清香,弥漫着我的眼睛和心灵。我接过那些花儿,插进装着清水的玻璃瓶,让它们在我的眼中开放凋零，我认真地注视着这个有始有终的过程，是怎样唯美的基调，安慰着她，也伤害着她。

喜欢看她笑起来的样子，清纯而美丽，像一只飞在花丛间的蝴蝶，载着理想，嗅着芬芳，自由地穿行着。弯弯的眉眼，释放的光芒，像上弦月，相信着不远处的圆满，会有属于她的那一天。

那次在老家，待了一个月的时间，就要离开的时候，小弟拿来一个小本子，让我把地址写在上面，说以后学会写字，会写信给我。我给她留下地址，还留下几个字：认识你真好！青春且长且远且珍惜。

她看着我写完，淡淡地笑了。我看见她的眼底，有隐隐的泪水，她问："你还回来吗？"

我说："回来。"

她接着问："什么时候？"

我目光茫然："不知道，但是肯定回来。"

她说："那时，我若是不在这里，你也要告诉我。"

我看着她点头："嗯，我会的。"

告别时，她正拍着姑姑家的宝宝入睡，所以没看见小弟消瘦的身影，很喜欢这种告别的方式，我害怕离别时候相对的眼神，渗透着太多的语言，只会流泪。

回到城市的很长时间里，没有收到过来自小弟的信，我买了纸笔，寄给她，也依旧没有她的任何消息。我想，也许她正在学习写字，也许忙于找姐姐，或者其他的什么事，有一点是肯定的，她一定像我想她一样，想念我的。

直到一年以后，老家来人无意间说到小弟，说她患了白血病，离开了这个世界，临走时挺惨的，头发都掉光了，想吃一碗面条，最终也没有吃上……听到这个消息，我蒙了，半天缓不过神儿来，泪水下意识地流出来。这怎么可能，她正值花季的年龄，好多心愿还没有实现呢，我无法相信这个事实，一再地问是真的吗？答案是肯定的，小弟离开了，永远地离开了。

那些说好了的事情，都不算了，除了记忆，要我拿什么纪念她！再回去时，到哪里去找她？想来应该是一个开满鲜花的地方，芬芳四散的环境，才是最适合小弟的去处，她喜欢那些花儿，睡在那里，会露出清澈而甜美的笑容吧，至少不必再为没有小弟弟而忧伤了。原本打算送给她的花瓶，依然晶莹剔透，像极了小弟的性格，透明、纯洁、明朗。生命是如此脆弱，在一切还来不及的时候，就匆匆地消逝了………

这样暗淡的午后，独自一个人，听着朴树的声音，反反复复地演绎着《那些花儿》，唱得清淡，怅然：

那片笑声让我想起我的那些花儿，

在我生命每个角落静静为我开着。

我曾以为我会永远守在她身旁，

今天我们已经离去在人海茫茫。

她们都老了吧，她们在哪里呀？

我们就这样，各自奔天涯。

啦…啦 想她，啦 她还在开吗？

啦 去呀， 她们已经被风吹走，散落在天涯。

有些故事还没讲完那就算了吧,
那些心情在岁月中已经难辨真假。
如今这里荒草丛生没有了鲜花,
好在曾经拥有你们的春秋和冬夏。

宝儿是乡下叔叔家养的一只狗,有着一双温柔而忧郁的眼睛,洞悉着人世间的悲欢聚散,适当的时候,掺进一些自己的情绪。它是一只有感情有灵性的狗,从某种意义上讲,或者心情最坏的那段时间,它是我心灵深处的朋友,一些慰藉,完全来自它的那双眼睛。

我总是这样,在钢筋水泥冷漠的人群中,感到孤独或是受到伤害,脑中出现最多的影像和下意识的反应,就是老家。所以情绪低谷的日子,都是回乡下的老家度过的,那是我疗伤的最好去处。还好,那样的时光,还有宝儿陪着我,一天一天看着伤口慢慢地愈合。

白天,叔叔小姨去田里忙,家里剩下我和宝儿,相互依偎。我反复地对它讲述,爱与痛,烦恼悲伤的来源与过程。它待在我身边,安安静静,时而看看我,目光深邃而忧伤。似乎这一切它能够理解,还把它的前爪搭在我的手上,舔一舔,蹭一蹭,像是表示对我的安慰,或者听烦了,干脆枕着我的腿,呼呼地入睡,偶尔露出它的犬牙,好像在做梦。我有时声音紧张地说:"宝儿!"它迅速睁开眼睛,环顾四周,若是不见异常,它狠狠地瞪我一眼,接着闭上眼睛,做它的美梦。

宝儿很乖,从不挑食,蔬菜、水果、零食、主食它吃得很有味道,也很"绅士"。喜欢看它吃苹果,这样圆的东西,两个爪子抱着啃的样子,特别可爱。宝儿的胃不好,吃东西很有节制呢,绝对拒绝暴饮暴食,无论多香的美食,也难以诱惑它,只是非常留恋地看一看,闻一闻,就坚决地走开,头都不回一下。

宝儿也很懂礼貌,如果你说:"来,握握手。"它会立即伸出一只前爪,让你紧紧地握住。当然,前提你一定得是它喜欢的人,否则,它会充满敌意地瞪你一眼,转身离开。收买它,绝不仅仅是它爱吃的食物,而是你发自内心的真诚,虚情假意逃不过它的眼睛。

情人节我送过巧克力给它,宝儿吃得可香甜了,还不舍得一次吃完,把剩下的一部分拖回窝里,留着慢慢享用。看它珍惜的样子,比收获爱情更让我感动。

叔叔怕宝儿出去吃中毒的死老鼠,所以一直用一根铁链锁着它,对于外面的世界,它也是非常渴望的。我在时,常解开宝儿脖子上的锁链,给它自由活动的权力。它特别高兴,满院子跑来跑去,前扑后窜地,拼命对我摇尾巴,意思是说:"谢谢你!"

有一次,它想悄悄地溜出去,脚步轻轻蹑蹑地往外走,被我发现了。我说:"去哪儿呀?"它停下来,但不看我,像个做错事的小孩子。

我又说:"回来吧,好吗?"

听到这句话,它才回过头来看我,又转过头去看看外面,极不情愿地慢慢吞吞走回来,走到我身边,对我又是舔又是蹭的,好像在说:"让我出去一会儿吧,就一会。"

那一次实在不忍心拒绝它,就说:"去吧,快点回来。"

听我这么一说,宝儿撒着欢儿地朝着外面跑去,跑到一半又返回来,用它的牙齿轻轻地咬我的手指一下,然后又跑出去,这样来回折腾,也许是忘了对我表示它的谢意,回来弥补的吧。

听小姨说着宝儿的童年,也是件十分愉快的事情。说把宝儿抱来的时候,还不满一个月,只有小姨的巴掌那么大,每天喂它奶粉喝,放在炕上养。宝儿也很会娇惯自己,睡觉一定要枕着枕头,不然会哼哼唧唧,不愿意。渐渐长大,也学会调皮,小姨坐在炕上时,它悄悄地把鞋子叼出去藏起来,之后再若无其事地回来,趴在小姨的身边,或是睡觉,或是看着外面发发呆。直到小姨找不着鞋子,对它爱恨交织地数落,它摇着尾巴,歪着头,无辜的样子,看着小姨对自己指指点点。

每次在乡下小住几日后,离别的刹那,从来不敢深一些地注视宝儿的眼睛,那深不见底的目光流露出来的,分明是疼痛。我搂着它,拍着它,对它说:"再见。"它仿佛懂得这意味着什么,哀怨地看着我舔我、咬我,以一只狗的灵性,温暖着我,安抚了我荒凉的内心。当我渐渐地走出院子,回头看它,宝儿正挣扎着目送着我。如若没有那根铁链,它会追上来,叼着我的衣角挽留我吧。看着它越来越小的身影,悠悠的眼神,消失在我的视线当中,融合在我的乡愁里面,分明是一种孤独。

相册翻到有宝儿的这一页。如今,它的灵魂在天上吧,而人世间仍在继续着悲欢离合。有时候想想,聚散如同一条河,流淌的过程,会让我们相遇,也会把我们分开。禅说:生命在呼吸之间。

在我的阳台上,能看见邻居家的鸽子窝,偶尔从里面飞出一只鸽子,寂寞地盘旋在头顶,这片不太宽广的污浊天空。不知不觉的高层建筑挡住了原本辽阔蔚蓝的天，让鸽子也只能如此地飞转，有灰色的羽毛飘落下来，覆盖在我黑色的瞳仁上，或者摊开的相册上，用它的灰色覆盖着我和我的朋友们青春的笑容。我在翻页的间隙，想起岁月的过往，和他们一起走过的日子，闪耀着光辉，在川流不息的人群中，感到安慰。

一场文字的纪念，从头到尾，忘记了谁，想起了谁。走在人生的旅途中，握着友情的掌心，该是如何的温暖和幸福。那些载着悲欢的昨天，浩浩荡荡地穿越我单薄的青春和年少，幻化成为一种力量，支撑着我接受起伏的岁月，和风雨变幻的未来。

有一些人，我不知道他们现在散落到了哪里，在我的生命中，去了又来，来了又去，如此地轮回。那些鲜活的面容和共同度过的日子，仍是历历如新，清晰可供欣赏的。如果有那样一种鸟，可以传递我对他们的想念与感恩，告诉我的朋友们，生命中因为遇见他们，才有精彩的画面，即使印在记忆中，也不再是苍白。

听说在流星划过的瞬间，许下愿望，一定会实现。看来下一次的流星雨，不能再错过了，我要在流星划过的时候，许下心愿，愿我的朋友们一生平安，一生幸福。

我在阳台上，观赏着夕阳落照的黄昏，凄美的风景，邻家的鸽子也飞回了巢穴，远处传来悠远的钟声，这是每天晚上六点和早晨八点如约的声音，厚重而遥远……

灯火初上的时间，在往事的追忆与朋友的纪念中，我轻轻地合上相册，抖落一地的时光碎片，无法拾捡。

⑤ 信笺上的真挚

信笺上的真挚

认识你的时候,也是这时天气,这时季节,无论何时,想起来都是记忆犹新的。那纯粹是一种偶然,我是多么感激那个偶然,让我结识你,让你走近我,在热闹纷繁的人群里面,成为心意相通的朋友。

那天也是下过雨之后,空气清爽、新鲜、沁入心田。我打电话找表姐,是你接的,你说:"她出去了,回来会转告她。"我说:"谢谢。"如此简单地结束了。

第二天,表姐带你来看我,介绍我们认识,说你是她的同事,安静的女孩。那天的印象,除了你的宁静之外,你的长头发和碎花裙子,有一种梦幻般的美丽,我恍惚想起故乡,河边开放的小花,是那么清淡、朴素、又是必不可少的风景,也想到了"人淡如菊"这个近乎凄美的词句,更像是在形容自己。

后来我们相识相知,在同一个城市里书信往来,偶尔见面,竟有前世相约的默契,很浪漫。你用文字和语言讲述自己的成长和童年,也是那么温馨、快乐。带你走过那段时光的外公外婆,以及有他们的院落,是你最深的想念与牵挂,对于童年的记忆与文字的热爱,我们有着太多相似的地方,所谓知己,也不过如此吧。

你的生日是春天,为你祝福的时候,喧哗的大街,目送着你远走的背影,我分明看到了落寞,在充满希望的季节,对比鲜明地消失在人海。人与人之间的飞短流长,从来不是你我这样简单的人能够掌控的,如果一切顺其自然,也许我们还会少一些伤害。

你做的土豆丝放西红柿,我问为什么,你说是习惯。所以我特别爱吃你做的"炒习惯"。你在信中给我寄来各种卡片和银杏叶,那是我第一次看见那么漂亮的叶子,飘在秋天,该是很美的风景。那些坐在一起听着音乐,偶然聊着未来的景象,你总是黯然地低着头,然后牵强地微笑,像戴望舒的《丁香姑娘》一样优雅。我们热爱的人都先后走进了天堂,顾城、三毛、陈百强、听说那里没有喧嚣,没有车来车往,是一个纯净的世界,我们祈祷着他们的灵魂得到安详。

那个冬天最难忘记,我在北方最冷的城市做腿的手术,住院后的第三天,开始收到你的信,每天一到两封,信上画着笑脸、天空、云朵，和清丽的文字，变着花样的安慰，我感动得流泪。手术后疼痛休克的日子，胜过爱情和医生为我注射的止痛麻醉剂。一次看你的信，从输液的针眼流出很多的血，我却毫无知觉。如今，这些珍贵的宝贝，被我封在一个漂亮的盒子里，我将珍惜它们一辈子，背负它们一辈子，幸福着这样的幸福，快乐着这般快乐。人生在世，一生又有何求。

由于不是拘于形式的人，也就不必说出谢字，不如彼此铭刻，在生命的深处，前世今生地轮回。手牵着手，看夕阳几度，人生几何。

看你的信，总是让我有入骨的感动。信上你说：

你好吗？小女孩！

你一定要说：恨死你了，这么久没有信。说了你会奇怪，上星期我还见过你。那个黄昏，我和安子在夜市上漫无目的的闲逛，走到你旁边才看见你，安安静静地坐在轮椅中，那个男孩子边推着你边跟你说着什么。安子问我：不去打声招呼？我说：不了，就这么看一眼，挺好。我不知道那个时刻，你是否想起了我。

我们是从不拘于形式的，你不是说过吗，随意自然最好！寄给你一张小卡片，上面的那扇窗口，和长满淡黄色小花的草地，偶尔也许还会吹过一阵风，飘来一片云，你会喜欢吧。我悄悄蒙上你的眼睛，让你猜猜我是谁，对我笑笑，我能感觉到。

此刻外面正下着倾盆大雨，天已经完全黑了，电闪雷鸣的，挺恐怖。我想起了你，希望你不是一个人在家，用音乐化解内心的恐惧，你说过：这样的时候，你很害怕。

这两天又在听什么音乐呢？最喜欢听你唱得《萍聚》，下次去你那儿的时候，一定教会我吧，怎么我老是找不准调儿。街上在放《小芳》，李春波唱的，曲调轻盈优美。最可气的是这么好听的歌，他们非得放走了调，才叫流行。我常常走在街上，想些不着边际的事儿。一边看着来往匆匆的行人，一边听着流行音乐，所有的朋友一致强烈反应，跟你上街就像走马观花。我看见街上越来越多的小摊，感到难过，这个世界的商人越来越多了，我对钱的意识居然一直没变，还是淡漠的。

早晨醒来看见窗外的云，轻轻地飘进你的视线里，那是我在问候你。因为是你的生日，整个九月都是有阳光的日子。我给你讲个故事吧，你从没有听过的，从前呀……听了这个故事，你开心吧！那就祝你生日快乐！

祝福你的云朵儿

9月10号下着大雨的晚上

大眼睛的小女孩：

我已经很久没有给你写信了，也好久没有你的信，以至于很多次拿起笔来不知从哪儿写起，不仅仅是为了问候和一个灿烂的微笑，也不仅仅是为了太多太多如此相同的感觉。停电的时候，在如豆的烛光里，握着笔，悄悄告诉你，是灵魂里的安宁和喜悦。

冬去春来之后，想找一个阳光明媚的日子，约你出来看云，甚至想推你去那个有外公外婆的老屋，感受一下那份真实的永远的亲情。曾经对你讲过我的外公外婆，告诉过你，在这个世界上，我只觉得外公外婆活得是一种精神，小时候他们把我带大，他们是我这一生最在乎和最爱的人，我今天善良的天性，淡泊是非名利的个性，完全是受他们的影响太深。

记得去年端午，外公外婆包粽子，我跟他们学了半天也没有学会，只好坐在他们的旁边儿看，时而偷个枣吃。然后给你写信，那个时候，我幸福极了，那儿是世界上最能给我家的感觉，最能给我实实在在的温暖和亲情的地方。真想重新回到童年的时光，那个扎着两个羊角辫，胖乎乎地，永远长不大的小女孩，一直和外公外婆一起生活在那个让我感到幸福的院落和老屋，该有多好。

我和表妹乐乐挤在她的小床上，她的小屋和你的一样有情调。墙上贴满了卡通贴画，也有米老鼠，叮当猫。书橱里摆满了各种玩具狗，毛毛熊。我做的风铃挂在屋子的中央，整个氛围都是温馨的。每次回去都觉得表妹在长大，骨子里跟我有几分相像，不开朗，但是极懂事儿。

我这个人，生命百分百的寄托和依赖都在那儿，休假基本的日子，也都是回去和外公外婆一起度过的。每次在那里屈指算着幸福的日子还有几天，都会伴随着重重的叹息，离开的时候，那种生离的疼痛，让我难过，落泪。回头看着外公外婆站在院门口，目送着我的样子，我实在忍不住眼中的泪水。

前两天又匆匆地赶回小镇，看望他们。外公外婆的精神还好，只是身体状况很差，我不停地跟他们聊天儿，不停地对他们说外面的天多蓝，你看，是那种真正的蓝天，没有云，风很轻。晚上老是想斯好的话：西伯利亚虽然寒冷，却是独立精神的最后停泊地。

我能感觉到你这些日子的心情,虽然没有你的信。似乎看见你呆呆地坐在大床上,靠窗的角落,看着窗外的那棵树上的叶子,和春天满目的新绿,但愿岁月不在,雨季不在,看云飘过的时候,把什么放在季节的外面,等我给你带去小镇的气息,在冬天没来之前,统统讲给你。

　　从前给你的信,都是上夜班的时候,一个人安安静静地在护办室写的,最近病人很多,有一些忙。那个像日本人的小女孩,在我值班时,总是跟着我。我教她折纸,给她讲小红帽、狼来了的故事,还给她梳两个羊角辫。不知道为什么,看过很多书,却想不起几个给小孩听的故事,于是给她讲的每个故事开头都是从前,有一个很大的森林,森林里开满五颜六色的花朵………

　　我小时候,就没人给我讲过这么生动的故事,这是我成长的遗憾吧。

　　总忘了带"圣母和她的女儿",随信寄给你吧。窗外的景象,像梦,似曾相识地想象过,和我一起为春天和绿色祈祷吧!

在你窗前飘过的云朵儿

3月20日安静的午后

零星小雨:

新年了,

我们都长了一岁。

我们为之欢笑呢?

或者,

为之落泪呢?

原本,

又有些什么不同？

一个抽象的家伙

12月24日

伶仃，飘到北方的女孩儿：

总也没有你的消息，你走后的这几天，我老是不停地写信给你，在笔尖，在心上，感应到了吧！

今天是入冬以来最冷的一天，玻璃上有厚重的一层呵气，看不见窗外的天。一整天我都是在书堆里翻呀找呀，最后也不知道自己究竟想干吗。

昨晚看过天气预报，你在的那个城市，今天有雪，雪落下来的时刻，你一定想起了我吧？冬日的黄昏，我也在想着你，并不停地给你写着信。手术做完之后，特疼吧？是不是正躺在病床上流泪呢？让我在自己的角落里，给你点安慰，对你说点什么，或者陪你一会儿，我会一有空闲就给你写信的，保证你每天都能收到我的信。

你不会还像在这儿一样刻意地躲避阳光吧，长春比咱们这儿冷多了，别再拒绝这带有大自然的温暖了，好吗？那个陌生的环境和陌生的人群，是怎么样的？有随意和亲切吗？觉得你好像走了很久，我很急切地等着你的消息。昨晚还梦见我在你的小屋里，给你讲故事，讲的什么醒来就忘了。忽然想起一支曲子《回家》，其实最想听和最想问候的却是相同的：你在他乡还好吗？受约束的是生命，不受约束的是心情，此刻，我的心情远在冬天之外，你也暂时和我一起走出冬天，走出疼痛吧。

明天下夜班，我得回镇上看望外公外婆了，一想到那盏熟悉的灯光,心中立刻明亮起来。虽然只能小住两日,却也是无比温暖的。回到那里,我也不会忘记给你写信的,你不必担心。

你能吃就多吃点东西,手术原本就是伤元气的疗法,若不吃什么,会瘦得很过分,回来时,见你会陌生的,也该不漂亮了吧。笑笑给我看看,爱哭不是好孩子!

故乡的云朵儿

11月18日冬日的黄昏

天边飘过的云朵儿:

你好吗?虽然近来很少收到你的信了,但偶尔还是有的,比如刚才,就收到一封。看你的信,像案头永远插着丁香花,总是飘过来淡淡的,淡淡的余香,在心里。在夏天安静的上午,给我原本的坏心情,一种平淡而真实地,被想起来的感动。说起来你也不见得懂这般心情,不说也罢,不是有一句你我都喜欢的话吗?让懂的人懂,让不懂的人不懂,让世界是世界,我甘愿做我的茧,多好的解释呀。其实非常简单,心里没有方向的时候,你的字迹,潦草的几句话,甚至信封上贴的草原邮票,对我都是安慰,现在,只有你写给我的,从最初到现在的信,我还一直保留着、宝贝着、珍藏着、像情书一样。尽管你恋爱了,也很少写信了,但拥有了这些,我是很知足的。

星期六那天,我去避暑山庄了,还去了蒙古包度假村,第一次知道里面还有这样的一处风景。进到里面的确有种远离喧嚣与纷争的感觉,周围的树、草地、蓝天、蒙古包、虽然局限,刻意了一些,但不影响我单纯的快乐,因为置身于其中,我感受到了草原纯净的气息。这说明它的建筑风格,很到位,除了高原反应，完全具有蒙古的雄壮和纯朴，真的很不错。你一定去过了吧，怎么没听你说过呢，也许你不知道，我对这样的地方特别感兴趣。

蒙古的草原是我向往已久的地方，我想过那种安静、平和的生活，没有浮躁和纷扰，思想和灵魂都是纤尘不染的，这和我的本性很吻合，是我简单的理想。

哪一天，我很久不和你联系，在这个城市你也找不到我了，那我就是去了那个离太阳和天空最近的地方。把心里面受伤之后淤积的灰暗的东西，全部抛掉。把皮肤晒成古铜色，给你写信，让你打开信时就能闻到蒙古纯粹自然的草香，满信笺给你写上草地上的羊群如何欢快地嬉戏追逐，阳光上的天空如何清澈蔚蓝，踮起脚尖就能摸到白云，柔软的手感，像你穿过的丝绸裙子。那里的人会很朴实吧，眼睛里有着明亮的光芒。那是一个适合单纯的人待的地方，不必设防，可以坦率地善待他人和自己，那个地方让你觉得人生是这么直白，没有障碍。就像佛，不表白什么，一动不动，是一种永恒，从它们身边经过的时候，我会心怀感激。

这个城市住得太久了吧，觉得挺累，挺无奈的。真的很想去草原，放松自己。连最近听的音乐，收集的图片，都是关于蒙古草原的。但愿不是像楚楚说的那样：爱的东西，不要放得太近。就好！

像我们两个，生活在同一个城市的两端，一直这样彼此牵挂着、感动着、许多年，真是世间最美好的情感。仔细想来，就是丁香的味道吧，淡淡地，很有穿透力。像现在，原本是不想写信给你的,可满信笺的字句却是写给你的。

祝你平安!

一个漂泊于世间的女孩:伶仃

8月2号夏日的午后

(注:这是一封去年写了没寄的信,那天翻一堆纸的时候,掉落下来,但已经没有寄的必要了。虽然只是一年的光景,变化很大。她结婚了,说不定再过几个月,该是小孩的妈妈了,哪还有时间看信呢?)

那天整理一些旧的书籍,突然从里面掉出几封信,我展开信笺,重读着多年以前的字句,恍然一张鲜活而生动的面孔出现在眼前。好久不见了,不知他过得可好。时间真像流水,挡也挡不住的变化,将我们奇妙的聚拢,又莫名地把我们分散,聚散之间,演绎着我的年少,和年少时候的单纯、美好。

我生命中接受的第一束玫瑰花,就是这个写着一手漂亮字迹的大男生送的。说来算是巧合呢,还是缘分,我竟找不出合适的语言来形容。事情之初,原本是我和燕子闲来无聊的恶作剧,现在想来,还忍不住想笑。

十二三岁的小女生,满脑子都是古怪的想法,玩布娃娃只是其中之一,我们就是这样的。

那是冬天,临近春节,日子格外无聊,我和燕子特别没劲,就瞎编了一个号码,打过去看看是什么样的声音接电话。我俩设想了好几种可能,若是像爷爷奶奶的声音,就说:"您好,对不起,我们打错了。"然后挂掉,笑过了之。

接电话的是个大男生,他跟我们聊了好多,告诉我们他的名字叫王东,告诉我们他的身份、地址以及其他的情况,也问了我们的联系方式。之后,大家成了朋友,互相通信、问候、牵挂。他非常出色,也非常善良,字里行间也能感觉得到。

展开他写来的第一封信。

小群:

"知音"见信好!你的信已于二十二日收到。心中颇感一丝暖意。上次回承只想在家小住几日,看望一下久别的朋友和家人。没想到短短几日在电话里结识了你们这二位知音,是缘吗?我一向不信缘分,只晓得一切都该有个原因,若不是你们十九日打电话,若我家电话不是19,若我这次放假不回家………

不知什么原因很想对你说句"对不起",也许这次回承来去匆匆,所以电话里也是言如其人,望原谅,尤其对你,如前日语中有不妥之处,现向你补过。

唉,心里仿佛有许多话,但又不知如何表达才好。真是枉费"十年寒窗"之苦。

我是九六年来京的,来京以前就读于承德二中,正逢我校送给河北一个保送名额,承德争到了,因承德二中是省重点中学,这名额就给了二中。我正读高三,抱着试试看的心情参加了面试,当时来面试的是市团委书记高松,结果"一不小心"就被发配来京,一直至今。

说起来没意思,来京后没过几天就被用车运往天津五二八六三部队军训改造,过了一个月大兵生活。苦啊,悠悠岁月,不堪回首,似乎身上汗碱犹在。部队的伙食终生难忘,单不说饭里的砂子、苍蝇,就说菜吧,八个人一桌,一日三餐,菜最多的是晚上，四个菜，一碟子腌蒜（二头），一碟子炒土豆，一碟子烧白菜，一碟炒菜花，"八仙聚会""饭未饱，菜先光"，余下半顿只有饭来装。不过实事求是地讲，部队的饭吃起来很香，一顿六个馒头才算中产阶级，我连最高纪录是一顿十二个包子（一两一个的），结果吓得炊事班不敢再做第二顿包子了。

罢、罢、罢，别说了，提起军训就没完了，如有兴趣能讲个一天一夜还决不让你听重的。话说来，再说就包管像你这样的女孩吃什么吐什么，连我现在想起来还反胃。

谈谈别的吧，我这个人很怪的（当然是自我感觉）。喜欢幽静也喜欢热闹，有时候晚上自己点上台灯，拉上布帘，躲进自己的房间，什么都想，什么也都不想，任凭思绪自由驰骋，有时躲在舞会的一个角落，不被别人发现，也不去发现别人，自己寻找一种超世的感觉，但一旦发起狂来也一发不可收拾，舞会保准是第一个来，最后一个走；朋友聚会，同学生日吵吵嚷嚷，不比别人老实。自己也不明白为什么，也不想改变什么，本来世界上就没有绝对相同的两个东西，这就是我的个性吧，就像夕阳下的晚霞，让你不知明天是阴是晴。

说得很多了，留点什么以后慢慢品味吧。

收到你的信，我很高兴，并且想告诉你，那字是我看到的，用左手写得最美的字！

小群，这个名字很好听。祝你什么呢？快乐吧！一切的一切！

"打开心灵的窗户，放进七彩的阳光，你就不会感到寂寞。"送你这句话

王东

二月二十三日晚

小群：

见信好！

原谅这么久没有给你写信，只因最近很忙，我报考了北京市自学考试，学习国际贸易专业，四月十八日考试才结束。考试之前的那段日子不堪回首，忙忙碌碌的，朋友来信也只好暂放一旁，专心只读圣贤书了。

学习这个专业是家人替我作的选择，考虑到我的专业，今后社会的需求，所以让我自学一门经济专业，以适应今后工作的需要。

人是社会这张网上的一个结，你的行动要受到社会的制约，我向往自由但又不具有自由的能力。就像一只折断翅膀的鸟，虽向往天空但胸口却紧贴着大地。我有我的苦恼，我不敢说我已厌倦学习，但如果给我选择，我的选择一定不是学校。

又说这些丧气的话了。上次给你和燕子寄出的那张证书，是无心的，只是觉得好玩，生活嘛，应该是多彩的，为什么不让它充满色彩呢？

不过告诉你一个秘密，我是一个真正的捐赠者，我和我的一位同学一起资助贵州一名小学生（杨晓红，二年级）上学，她曾经因家贫而失学。我们已经寄了两次钱助她上学，可一直没有她的消息，我们在汇款单上写明了让她收到钱后回信（我们把钱寄到她的学校），我现在还在等待。

我希望这个社会是一个温暖的家，有父母对孩子的爱，有兄长对小弟小妹的关怀，每个人都为这个家尽自己的责任，每个人都去爱别人。

唉,一不小心把自己一个秘密泄露给了你,保密啊!一定!

我最近很忙,期中了,各科都开始布置作业,都是论文,每个至少一千字,加起来能有一本书的厚度吧。不过"兵来将挡,水来土掩",自古天下文章一大抄,天天跑图书馆,东抄一段西抄一截也就够了。

别误会,大学生有思想有见识的多得很,我是不在此之列的,所以不要因我而坏了大学生的形象。我们六月中旬期末考试,七月份就回省实习,不知分到哪儿,可能是不回承德市实习了,因为从没听过承德有实习点。等一有消息再给你写信联系吧。

你的情况怎么样,来信详谈好吗?

祝:快乐!

你的朋友:王东
四月二十二日

时间和生命其实是一个流动的过程,我们在其间遗失了彼此的消息,也得到了一份悠长而纯粹的纪念与牵挂。我一辈子不会忘记病床边的那束鲜艳的玫瑰,也会永远地珍藏着这些信件,和那段两年来通信的日子,以及对那个戴着眼镜的大男生的记忆。生命中有一个这样清淡的朋友,不必刻意想念,多好!

多少年之后的今天,万语千言也只有一句:I miss you my friend!

6

那样一场路遇的荒诞

那样一场路遇的荒诞

已是初春的季节了，而窗外却飘着大片的雪花，纷纷扬扬。音响是打开的，黄磊像个朋友一样叙述着拍《似水年华》时的心情描述，轻描淡写的情节部分让我泪如泉涌。他说"……北方的冬天树叶会掉光，当华美的叶片落尽，生命的脉络才历历浮现。这个时候我们的爱情也会像北方冬天的枝干一样，清晰、勇敢、坚强……"我的视线一直没有离开窗外飘扬的雪花，它们落下去又飘起来，忽然在初春的时候，像精灵一般地飞舞着，压制着四季的枝，那是我的心情写照。

当我在纸张上写下这个小标题的时候，

有一种疼痛直击心脏，对我来说，每一次对于爱情的回顾都是再次揭开伤疤，眼睁睁地看着鲜血一滴一滴地蔓延，再次看着始终不能愈合的伤口如何的鲜亮如初，无论过去多久，再想起这些的时候，不再疼痛，都是不可能的，因为伤的太深了，失去了复原的可能．我不想客观地总结它的发生是对或者错，只觉得不合时宜地发生在我身上，一生背负着它，这疼痛是实实在在的．如同那窗外的雪花，是我堆积多年的眼泪凝结而成的吧，在这初春的日子里狂乱地飘舞，诉说着悲伤。

春天，这样一个生机盎然的季节，怎么在我的感觉里都是离别或是悲伤的开始呢？莫非这也是命里注定吗？

遇见他是我十七岁的春天，那个时候我的朋友们都上大学去了，我也在学习英语，他们学过的英语课本都拿过来给我，课余时间来教我音标，我学得蛮快的，像小时候学汉语拼音一样，每天背单词，写单词，句子。如果不出现他这个意外的人，日子会平静如水地过下去吧，只是，如果没有他，我又会是怎样的呢。事实偏偏不能按着自己的意愿开始和结束，如果可以，世界将会是怎样的呢？

那是个没有阳光的午后，妈妈带我去她的单位，周末教工洗澡，让我随她一起洗。在幼儿园的院子中，妈妈让我等她下班。这个时候，有个男生微笑着从我的身边经过，刹那之间，世界在他的微笑里变得清晰起来，和那天下午的光线成对比鲜明的颜色，我从未见过如此柔和明亮的笑容，像家乡徐徐绽放的鲜花一样灿烂，我的心微微一怔，一下子就记住了他。

之后的每个周末，我都能够见到他。他们的宿舍在妈妈单位的旁边儿,在同一个院子里。每次遇见,他都是笑着的,明亮地笑着和我擦身而过,好像春天里最亮丽的一束阳光。听妈妈的同事说住在那个宿舍里的人都是给学生做饭的师傅,其中也包括他吧!

总是看见他领着一个男孩一起玩,那个男孩和其他小朋友在一起时很沉默,眼睛里面泛着一丝忧郁。唯独和他在一起的时候会露出孩子的天性,纯真的笑容和淘气的样子,活蹦乱跳地。后来听说男孩的爸爸进监狱了,给他留下一些阴影。在学校里他是最沉默最听话的一个孩子。那么,他是用怎样的交流方式开启了男孩的心灵呢?他温暖的表情吗?看他们在一起,和谐的样子,似乎没有语言,也笑得那样明朗而纯粹。

日子就这样渐渐地过去了,周末成为我那时的期盼,盼望着遇见他微笑着和我擦身而过,谁与谁之间都是沉默的。我一直不知道他的名字,直到放暑假的前一天。那天,妈妈有事把我留在她的单位,说晚上来接我。我像幼儿园里的小朋友那样等着夕阳西下家长来接,感觉很有意思。清楚地记得那天的阳光很明媚,他笑着向我走过来:"你还没吃饭吧?"

我有些慌乱:"嗯?啊,是。"

"你喜欢吃什么?"他灿若春风一般对我笑着,和阳光融成一体。

"西红柿炒鸡蛋。"我回答他。

"你等我一会儿。啊?"他像跟小孩说话一样地对我说,说完就走开了。看着他脚步匆匆的背影,我的心狂跳不止,这让我很意外。

没一会儿的时间，他微笑着回来了，端着一盘西红柿炒鸡蛋和一碗米饭，说："我做的，尝尝吧。顺便提提宝贵意见！"

我也笑了："谢谢你！"

"不要客气，你先吃吧，我去收拾东西，过一会儿来找你。"

老实说那顿饭最多的是感动，味道我不记得怎样。

近黄昏的时候，他又走向我："小群儿，这个给你。希望我们成为朋友，可以吗？"他微笑着看着我等着我回答。

我再一次惊讶于他把我的名字叫得如此熟悉，像我的家人对我的称呼。他递给我一张纸条和一支漂亮的笔，纸条上写着他的名字和地址："可以。你怎么知道我的名字啊？"

"听你妈妈这样叫你，就记住了。"他回答。

"噢，是这样。为什么要送礼物给我呢？"

"明天我就走了，以后就不来这儿上班了，留个纪念吧。"他的笑一直在。

"啊，好的，谢谢你。你会去哪里呢？"我说着这些话的时候，有种淡淡的落寞从内心深处涌上来，为这突如其来的分别。

"还不知道，有可能的话，我会来看你的。"在他的笑容里面也有一丝模糊的忧伤。

我笑着："谢谢。"

"你好像很会说谢谢，说谢谢的时候，样子也很可爱。你几岁？"他问。

"嗯？怎么问这样幼稚的问题？"

在黄昏的最后一道阳光里，我和他笑得像两个孩子一样纯真。天地间也仿佛弥漫着淡淡的离绪，隐退在最后一抹斜阳中。

他离开了，那天我在家里心不在焉地翻着英语书，没有互相说再见的别离，多少有些怅然若失。面前放着那支笔和写着他的地址名字的纸条，也显得苍白无奈．我把它夹在日记里，他的字迹清秀得像是出自女孩之手。有一种悠长的酸涩的感觉，清淡地和我如影相随。

接下来的时间我没有关于他的任何消息，他好像蒸发在空气里一样，消失得无影无踪。我在日子中恢复着以往的宁静，那昙花一现的邂逅，在心底留下一丝淡淡的哀愁，挥之不去，循环不息。

过了一个漫长的季节，秋天如约而至，周围弥漫着物是人非的感慨。妈妈的同事们，那婷婷如花的大女孩，在那个季节里发出一声声的叹息，因为交织着她们太多悲喜的前情往事，随着一片片的落叶落下帷幕。我目睹着她们的感伤纷纷扬扬地洒满那个季节的整片天空，和我的哀愁交织在一起，显得荒凉。

是暮秋吧，只记得穿着很厚的衣服了，下着小雨，应该是那年的最后一场雨了。我依旧在院子中等妈妈下班，手里拿着一本书，有心无心地翻着。

"你在这里呀？"他的笑容依旧明亮。

"嗯？……啊，是你，好久不见，你还好吧？"我愣了一下，之后随他一起笑。

"还好。你不冷吗？"说着，他把自己的外套脱下来披在我身上。那带有他体温的外套是那样的温暖，几乎传遍我的每根脉络。"我到这里来看过你，这是第三次，前两次你都不在。"

"是吗？那是我在家里，你又上班了吗？"我问。

"上班了。"他站在我身边，笑着。

"那还好吧？"我接着问。

"还可以，就是离这里远一些，骑自行车要30分钟，你能把你家的电话号码告诉我吗？以后我也可以打电话给你。"他说。

"好啊。"我把电话号码告诉他。

"你每天在家里都是学习吗？"他接过我手里的书翻着。

"也不是啊，我没有那么乖，也睡觉，听歌，对着墙壁或者窗外发呆。"我笑着回答。

他像个大人看小孩一样地看着我，从他的眼睛里看出，我像个小公主，有点调皮。

"我想为你做点什么，我该怎么做呢？"他认真地看着我。又是一种温暖的感觉涌上来："谢谢你。已经够好了。"

"我并没有做什么啊？"他依旧认真地。

"为什么一定要做什么呢？这样很好啊。"我说。

这样真的很好，我又见到了他！心中的欢乐在一瞬间开启，替代了那份淡淡的哀愁。这一切曾经是那么艰难，而这一刻来得又是那么轻易。对我，这一刻意味着什么呢？是梦醒了，还是梦刚刚开始呢？

不久，随着拆去教工洗澡的浴室之后，那个院子我自然不会再去了。好在时常我能接到他打来的电话，听他风轻云淡的说话，也是好的，能和他成为朋友，心情是喜悦的。载着这种淡淡的温暖，过完十七岁的最后一个季节——冬天。那原本的苍白，冰冷，因为他的问候也变得温馨起来。

一个飘着雪花的午后，他在电话里为我唱《大海》，那个清淡的午后就那样轻易地融进那首歌里,以至于日后每当听到《大海》,都会想起一个明亮的笑容、大片的雪花和十七岁那个温暖的冬天!

我发现感觉好的时候,时间过得特别快,转眼又是春天了。一个下午,他来找我,说天气这么好,想带我走走,我高兴地答应了。他推着我穿过人群,来到一个阳光明媚的地方。他说:"这样多好,能晒太阳,我们还能在一起,你说是吗?"

他问的话,我不知如何回答,笑着说:"是吧?"

他又笑了,笑容融进春天明亮的阳光里。

"和你在一起的感觉特别好。"他把"特别"两个字强调的很重。

"啊?为什么?"我问他。

"你呀,很单纯啊。和你在一起特别轻松。"他说。

"那就是说我像小孩子呗。"我说。

"也不是,你懂得的蛮多的。比如一些人生啊、哲理啊什么的。比我懂得的多。"他把落在我眉心的一只小虫子捏下来。他心细的让我感动。

"你是不是安慰我啊?"我嘟着嘴。

"当然不是,我说的都是实话,我这么老实的人,哪里会安慰人啊,一向都是别人安慰我。"

我笑了,他也在笑,那样的干净。

黄昏的时候,他指着天边的夕阳说:"你看,多美,这是一天当中最美的时刻。"

"是啊,你也喜欢啊?"我朝着他指的方向看过去。

"嗯。你也喜欢吗?"他问我。

"是。小时候的夕阳最美,我觉得离它很近。"我想起了乡下的老家。

他笑着说:"我有空就带你去看夕阳,好吗?"

我笑:"呵呵,好啊。"

天气暖了,他来看我勤了,和他的友谊也近了。他说我是他在异乡唯一的朋友。他的家在县里的一个村落,那儿有很多的苹果树。春天,在浓密的树荫下,阳光从枝叶间跌落下来,风一吹,花瓣也会纷纷扬扬落满肩膀。出来打工觉得很孤独,再也没有找到过落满花瓣的树荫。他说着这些的时候脸上忧伤弥漫的笑容印在我的脑子里,刻得那么深。那一个瞬间我随他感伤了30秒,之后我模仿他的笑容,明亮地笑着对他说:"只要你的心中装着星星,总有一天星光会降落在你的身上。现在可以一起看夕阳,多好呀,是不是呀?"

他眼睛弯弯地点着头。

在爸爸的帮助下,他换到一个宾馆上班,离我家很近。

在他如同兄长一样,关照着我的心情细微变化之下,日子缓慢地从指缝间溜走。秋天很快就来了,突然有一天他哼唱着一首名字叫《选择》的歌"……我选择了你,你选择了我,这是我们的选择……"字里行间的幸福,也是清淡地流入心底最深处。

一个秋风肆意吹落树上每一片叶子的早晨,他打来电话,说因为药物过敏,脸上身上都肿了,回家休息几天。叮嘱我不要太孩子气,好好吃饭,说他很快就回来。挂断他的电话,心里有种说不清楚的感觉浮上来,是对他的牵挂和担心吧,像那时天气,凉凉的。

那个时候我刚刚学会了缠幸运扣，听说戴着它会一生幸运。他离开的那天，我开始为他做，一天一颗，把最美好的祝愿和祈祷都一圈圈地缠绕在里面，到第五颗的时候，他忽然出现在我面前！我把它们放进他的手中，笑着对他说："蛮管用的，我原来以为要缠十颗呢，那个数字比较完美，十全十美嘛。结果，你这么快就回来了。"

他看着手中的幸运扣，眼睛湿润得竟然起了雾水。他用力地握住我的手，有些痛，似乎想说什么，最终只挤出"谢谢"两个字，就走了。

爱情降临在我身上的时候，树上的叶子全部掉光了，这样的季节开始的爱情，是否在预示着某种结果呢？这是那个时候的我完全没有预料，甚至没有想过的问题。只觉得来得有些突然。尽管在此之前我把对他的感觉都深埋在日记中，在阳光斜斜照射的慵懒的午后，密密麻麻地在意着他的悲喜和哀乐，映得那些淡淡的字句有些反光。我以为仅此而已，完全没有想过，在实际的生活中，爱情会属于我。

那天，开始的时候，他和我说着不着边际的话。后来他转移到和爱有关的话题上来："我一直喜欢你，这个你知道吗？"

我沉默。

他坐在我身边，拉着我的手继续说："我想和你在一起，永远在一起。"

"为什么？"我问他。

"因为爱啊。"

"可是你想过其他的吗？比如生活，可能不会太容易。"我看着他的眼睛。

"这么乐观的孩子，怎么也会说出这样的话呢？有爱还不够吗？"他温柔地看着我。

"我和其他人不一样啊！"我说。

"因为你和其他人不一样，我才会喜欢你。第一次见到你的时候，觉得这个坐在轮椅上，大眼睛的小女孩，蛮可爱的。那时就很喜欢你。后来通过接触，你的单纯，干净还有善良越来越吸引我，我想一辈子和你在一起，我会让你永远快乐，你接受我吧。"

听完这段话，默默牵着的手一阵温暖的感动，脸上热乎乎的，浑身的血液都在往头上涌，眩晕的感觉，这就是爱情吗？有着某种醉人的甜蜜。难怪有人说爱情是毒品，服过以后会上瘾！说的就是这天旋地转的感觉吧？

后来的日子，我怀揣着飞蛾扑火一般的莽撞深深陷入爱情。他等于快乐，他等于我思想的全部内容。那有一些寂寞，有一些空洞的生活从此将具有沉实的走向，从而真正与我的幸福发生情感上的联系，我和他演绎着这个迷人的公式。

转眼又过去一年，日子随着他的加入逐渐圆满亮丽了起来。他每天陪伴我，下班就出现在我面前，偶尔有事他会问我可不可以，我若不太愿意，他会马上放弃，来到我的身边；我想就这样彼此牵着手不放开，简简单单地爱，没有哀伤、没有担忧地生活着，一直一起走，到我们的生命终结时；我们一起听歌，聊天儿，说各自成长中最难忘、最有趣的事情，说着说着，脸上会浮现笑容，眼里也会有隐约的泪光在闪动，那是幸福吧；他带我看电影；带我去做他认为有意思而我觉得没意思的事情；有一次，他一边推着我在街上走，一边和我说话，我们前面的一辆三轮车突然停住了，他没反应过来就撞上了，我的腿因此流了血。我看见他的汗水在一瞬间浸湿了衬衫，脸色苍白着急的样子，化解了我腿上的疼痛。我安慰他"没事，又不疼。"；我们一起看着日落，黄昏里走过一对相互搀扶的老人，他和我相视而笑，相爱的决心非常坚定；和他在一起，是快乐的……其间我的家人对他也是关怀备至，如同亲人，如同一家人。他说他有种从未有过的幸福，因为有了我和我的家人，其实他又何尝不是让我觉得幸福呢。在爱情面前，我彻底变成情痴。

他送过我一只杯子，玻璃的，很透明。杯子上有简单的花，不注意是看不出来的。我把它和我原来的玻璃杯放一起，很匹配。它们安静地站在桌子上，谁都不会再寂寞了，很好。

他说："那只杯子，你知道吗，会唱歌。"似乎他的心意都在杯子上，很沉重的样子。

直到有一天，我失手打碎了那只杯子，它掉在地板上清脆碎裂的声音，轻轻地呜咽着。我把杯子的碎片都拾起来，划破了手指。又把那些碎片都收拾好，然后放进我的那只杯子里，我轻轻地摇，摇，摇那只杯子，就听见那些碎片在杯子里唱歌，他说过"那歌声，我只唱给你听……"

杯子打碎的那天，他说把我们的事情告诉他的家人了，家人反对。说若是我的病情轻一些就好了！他的眼睛起了雾水，我的眼角也泛着泪光。是我们太过幻想了吗？当爱靠近的时候，我们忘记了触摸生活？而爱最终是要落到生活的实质上来的。可是，属于我的生活又是怎样的呢？

我的杯子和他的杯子在一起，相互依靠，相互取暖，它们不会觉得寂寞。他紧紧地拥抱着我，化解内心深处忽然涌上来的感伤，说，别怕，没有什么能阻止我们相爱。两只杯子，即使最后留下的只有一些会划破手指的碎片，也很好。

我们一如往日地和谐，在空旷的街头接受着阳光的照耀。我多喜欢那些数着他零乱的脚步，他笑我是永远长不大的孩子；他为我把围巾系好，拉着我的手为我取暖的情节，路边的老槐树梢上记载着我们的笑声。

一切如同电影，有一点浪漫也很真实，温暖着我的心。这是初次的感觉，爱的感觉，好像天空一样晴朗，纯粹。对于他的家人，他绝口不提，也不再回去。

我问我的父母，能不能通过治疗，让我的病情再轻一些。他们说还是在我小时候生病住过三个月医院，以后再没治疗过，可以为我咨询一下。爸爸四处打听，询问北京、天津各医院，我的心也随着那些消息起起落落。最后打听到，说长春有个医院可以医治这种病。爸爸妈妈决定带我去看看，说如果有一线希望让我的病情好一些，他们会为此努力的。这就是我的父母，为了那一线渺茫的希望四处奔波着为我筹集医疗费。每次看见爸爸转身出门的刹那，背影的消瘦和憔悴让我心痛。

⑦ 迷离过后的掌纹

迷离过后的掌纹

经过一段时间的准备，爸爸妈妈和他一起在那个生命中最冷的冬天，陪我去往那个北方陌生城市。第一次去医院，那个主治医生看看我，说我是比较严重的，通过手术可以站起来，但是不能走路，这就是结果。听着大夫给我的结论，我哭了，不能控制地绝望地哭了。他的眼泪也像下雨一样，滴落在医院办公室的地板上。我要求离开医院，拒绝没有意义的治疗。

回到旅馆，爸爸妈妈去看望住在那个城市里的姑姑，然后就打算回家了。房间里留下我和他，我不想说话，看着那个城市的上空，没有阳光，灰色的格调映衬着我当时悲伤的心情，浑然成一体。他坐在我身边，和我一起沉默。后来他说："你接受治疗吧，能站起来可能会有奇迹呢！"

他的话让我感动，但是很幼稚，难道他还没看见，在我的身上所有的可能……都不存在吗？

我继续沉默。

他接着说："这样吧，我们抛硬币来看看老天的旨意，再决定你做不做手术，怎么样？"

"抛硬币？"我迷惑地看着他。

"是啊，如果字的一面朝上，就做吧，朝下……就算了。"说着他从兜里掏出一枚硬币，双手合起来认真而虔诚地摇晃着，然后抛得很高，那枚硬币旋转着掉在地上，发出的声响足以敲碎我的心。结果，结果就是上天的安排！

他走过来紧紧地抱着我，说："这是天意，你为我努力一下吧。等你做完手术，我每天陪你锻炼，教你走路，我相信我一定能教会你。我决定了，过一段时间我们就结婚。你会好起来的。"

听着他的话，我泪如雨下。

不知道他是怎么对爸爸讲的，第二天他们又送我到医院，办理住院手续。那枚硬币决定着我后来所有的希望——熄灭和与之相伴的伤痛全部接踵而来，这大概也是天意吧。

爸爸和他为我办完住院手续，就一起走了。他们都是请假的，留下妈妈和我等待着做手术。临走时他们打来电话，爸爸对我说："要听你妈妈的话，好好吃饭，想吃什么就告诉你妈妈，别怕花钱。我回去安排一下学生的课程，就来陪你。手术肯定会疼，你要坚强。"

我忍着眼里的泪水，不让它流出来，答应着爸爸的叮嘱。但是，它还是像雨水一样浇湿了我的心。我茫然地拿着听筒，不知道将会有怎样的境遇等待着我。

手术之前要做一系列的检查，皮试的时候我流泪了，曾有的那份茫然被痛击得粉碎。在心底的某个角落依旧隐隐滋生。

爸爸和他坐上返回的火车时，我被推进手术室，就在电梯门隔断我和妈妈的一刹那，我的命运也随之跌入深深的低谷。

4个多小时的手术时间，妈妈后来描述说，那几个小时漫长得如同几年，她焦虑地等在手术室门外，坐也不是，站也不是，我没有如期被推出来，她更是急得不行。我则是在满视线的"蓝色人影"当中昏昏睡去，失去所有的知觉，醒来的时候，是15个小时之后了。是伴着一阵一阵锥心的疼痛，模糊地睁开眼睛，看见妈妈满眼的期待和满脸的泪痕，我神志不清地想对她笑一下，以示安慰，我不知道我最终做到了没有，大概连这点力气也没有了，唯一清晰的感觉就是疼。

左腿整个都打着石膏，一动不能动，沉重的好像不是自己的了。医生说三天以后就不会太疼了。三天，漫长而遥远，可是三天，在倒计时中度过三天，我又陷入更强烈的疼痛当中，骨头深处在痛，止疼的药物都不管用，那种疼痛是我至今无法形容的。疼着疼着，就失去了所有的感觉，妈妈和医生们的呼唤越来越远，直到听不清楚。每次模糊地醒来都是被许多医生包围着，被许多硬邦邦的医疗器械穿插着，那是我休克之后的场景。连续很长的时间，我每天在疼痛中休克好几次，有几次竟达10分钟左右，主治大夫在为我的抢救中也是手足无措，找来一些医生为我会诊。

妈妈心力交瘁地照顾着我，一瞬间就老了，头发白了，牙也掉了。在我模糊地睡去模糊地醒来之间，心也随着她的衰老越来越痛。如果在哪一次的休克当中，不再醒来，我是极愿意的，至少她能够彻底地休息了。

持续的高烧使大家都很急，在那样的深夜，大夫让妈妈把我的血样送到化验室去，妈妈拿着我的血样在医院里走来走去，找不到化验室在哪里，心里还惦记着我。那时，她该是多么无助啊。

由于脊柱的弯曲，我的后背有一个包，平躺时间长了，特别难受，手术之后大夫要求必须一直平躺着，对我，那是很痛苦的。妈妈就一直双手托着我的背，直到手指被压得扁扁的，双手被压得麻木，没有了知觉……

又是一次休克之后，渐渐醒来，他和哥哥坐在我的床边。我真想对他们微笑一下，泪水却从眼角流出来，他为我擦去，贴近我的耳边轻声地说："你醒了？"

我说："你……来了。"

"嗯，来了一会了，来的时候你正在抢救，你受苦了。"他说着眼泪流下来。

"没事……不知道……会好吗？"我微弱地说。

他有些哽咽，说："会好的，慢慢就好了啊……"

他的手轻轻抚着我的脸，我微微地点点头："只是……苦了……妈妈。"

"我知道，我请了一个星期的假，这几天我来照顾你，让她休息一下，好吗？"他说。

"嗯……"我闭上眼睛。

就这样每天在疼痛中度过，都不记得不疼是什么感觉了。

他天天扶我起来坐一会儿，倚着他，听着他给我讲从医院回去都发生了什么。他说着他每天如何盼望着打电话到医院里来，得知一些关于我的消息，如何牵挂着我。连哪天下雪了，都在他的话题里面。我一边感受着疼痛一边虚弱地听着他说话，心中有种温暖渐渐浮上来。

有他在照顾我，想让妈妈歇歇的，手术之后许多天以来，她还没睡过一个安稳觉呢，一直在我的疼痛她的心痛中煎熬着，憔悴着。可是她不肯去休息，说我必须在她的视线中才踏实，不然她无法入睡。这就是做母亲的心情，是没做母亲的人不能体会的，是爱，是母爱，世间最伟大的一种情感！

"你要多吃东西，这样你才有抵抗力，才不会一疼起来就休克。"他边喂我吃饭边说着。

可是我真的吃不下什么，嘴里都溃疡了，吃东西都会痛。我轻轻地对他笑笑："吃东西……也痛……"

他抱住我说："不吃东西怎么挺得住呢？傻丫头，为我多吃点，啊。"

我垂下眼睛，不再说什么。

他还接着说："等你好了，出院了，我们还得锻炼身体呢，你现在这么瘦弱，我怎么忍心要求你呀。"

"嗯……"我应着他的话。

"你多吃点东西就不用总输血了。你看,输这东西多痛苦啊,在你身上插这么多管子,我看着心疼。从食物中补充多好,不至于这么痛苦,你说是不是?"他说着,又喂我一块苹果。

手术之后输过几次血了,每次都是在我的胳膊上插着几根管子,其他的液体是用来稀释袋里的血的,再输入到我的血管里,现在我的身上不知流着多少人的血呢。

"过几天我走了,你也要坚持着吃,啊。"他温和地看着我。

我忍着痛微笑着点头:"嗯……"

"你要快点好起来,快点恢复,出院时,我来接你回去,你不在,我特没意思,这个你知道吗……"

他的声音在我耳边一荡一荡地远了,直到听不清,听不见了。我又休克了!这成了每个 24 小时必须经历的事情,及时的如同每天初升的太阳!

"2 床,你的信,天天都有你的信。"

我缓缓地睁开眼睛,看见护士小姐的背影,正朝门口走去。他替我收了信,看见我睁开眼睛,一丝欣喜立即在他脸上浮现:"你可醒了!知道我有多担心么?你又休克了,又是那么长时间,我真怕……"他流泪了。"都是我不好,让你受这么多苦,看见你那么疼,我真想替你。"他说。

我努力地对他笑笑。

"医生给你换一种药,这会儿输上了,看看管不管用,苦了你了。"他说。

我轻轻地点一下头:"嗯……"

"我给你读信吧,好吗?"他给我掖掖被子。

我微微地点头。

"是谁呀，天天写信给你？"他一边拆信一边对我坏笑。"我的群儿有外遇了？"

我浅浅地笑，已经没有力气深一些地笑了。

一个星期之后他回去了，临走时深深地拥抱我，说："告诉你一个秘密，你胖起来特别好看。要乖啊，听妈妈的话，多吃东西，啊。"

"嗯……"我流着泪答应着。

"出院的时候我来接你。你要快点恢复，我们回家，啊？"他为我擦去眼泪，慢慢地走到门口，转过身来对我明亮地笑笑："听话啊，再见！"摆摆手消失在病房门口。

我的疼痛有所减缓，又是许多天之后的事情了，同病房其他床铺的病人都换了又换，他们都康复出院了。只剩下我和另一个女孩还一直住在里面，从时间的意义上，我们俩成了老人。大夫说我们俩是娇小姐，一点疼都承受不了，好像那些疼痛都是我们装出来的。对于大夫给予的评价，我们感到委屈。

她叫小红，是个漂亮的女孩，大大的眼睛，白皙的皮肤，开朗的性格，很可爱。她的病情比较轻，只是一条腿。一年之前在这个医院做了和我一样的切骨手术，膝盖的部位，只是一处。而我的腿却一次做了两个部位。她戴了两个多月的石膏，拆去之后，腿就僵直了，不能回弯，练习很长时间，才练到70度。这次的手术是把钢板取出去，再让医生帮着练弯。

我逐渐地好一些了，疼痛可以忍住，没有极限和休克了。不输液的时候，倚着枕头能够坐一会儿。小红会走过来和我聊天儿，她称我为"小赖猫"，说我讲话赖兮兮的像一只赖猫。

她告诉我，说在我总休克的那段日子里，她们都以为我会死掉。每次当我痛的不行时，都会推进一些大的医疗器械到病房里来，好多医生围着我进行抢救，用来给我注射的注射器都那么大，她比量着，看上去像是用于给牛打针的大家伙。

我惊讶地向妈妈求证。

妈妈说是。

哇，太恐怖了！

她说哪想过我会恢复到和她聊天儿的这一步啊。

说着这些，我们一起笑起来，有一种历经沧桑的感觉。唉，生死不过一念之间啊！走过死的边缘，生也就不再可怕了。

后来的那些天，她也挺惨的。每天大部分的时间都在练弯，练弯也是很痛的。她自己练习的时候，痛的直流汗，让医生帮助练习，更痛苦，因为他们都比较狠。所有外科大夫都得具备这基本的素质，不然又如何胜任这份神圣的职业呢？

在她练习的过程中，对于她痛苦的呻吟，没有人理会，包括她的妈妈。每次听见她对大夫说："求求你们，轻点，轻点……"，我会流泪，仿佛那疼痛是我的。

最触目惊心的是那次，大夫对她妈妈说："这次可以直接弯到90度了。"

她央求着说："你们慢点儿啊，慢点儿。"

大夫开始时慢慢地给她活动，活动一会儿就猛地一下弯到90度。

她随着那一下大声地喊："啊，快放开我，伤口裂开了，放开我啊……"

可是没有人理她说的话。

大夫交代她妈妈扶着她的腿，半个小时之后再松开。她抽泣呻吟的声音让我心痛，流泪。

她痛得直哆嗦，眼泪和汗水交织在一起，我妈妈替她擦着，还不到半个小时，临床说："哎呀，真的流血了！"

听到这话，她妈妈才放开她，血已经流出来好多，把床都浸湿了一片，是她这次手术的伤口裂开了！她妈妈赶紧去找大夫给她缝合。她哭着说："不练了，再也不练了，还不如去跳楼！"

她上次手术的伤口是竖着的，这次是横的，都是膝盖的部位，呈"十"字形。刚拆完线几天，伤口还没完全恢复，就开始练弯了。想一想，那份疼痛，真不如像她说的那样：去跳楼呢！

她妈妈买来鸡腿给她吃，她使劲儿地嚼，说要把受过的那些罪都嚼得粉碎。我想，只有我能了解她的心情。

她其实非常坚强的。她说上次手术就是她自己拆的线。真厉害！我就没有她这样的勇气，所以特佩服她。

爸爸来医院的时候，我已经好多了，也不那么疼了，但是还在输液。

他走进病房，看见我和妈妈，他流泪了，我也哭了，我是因为想他才哭的。我都好多了，爸爸还流泪呢，如果看见我老是疼得休克，他会哭成什么样子呢？

爸爸其实是那种既脆弱又善良的男人！嘘，这可是我个人对他的评价，不掺和别人对他的完美印象哦。

爸爸来了医院之后，妈妈相对轻松一些，至少从精神上有了支柱。我还是每天输液，之后倚着枕头起来坐着，不用妈妈再双手托着我的背了。我常把目光安置在窗户上，我们的病房在四楼，所以我看不见地面上的芸芸众生，只能看见属于那个城市特有的如同它的气温一样的冰冷和苍白，看着它心里也觉得冷。我很想把当时的感受写下来的，可是，做了手术之后就不能写字了，我写字需要趴着，恢复到这个姿势至少得半年。缺失了写字，我的生活相对寂寞起来。

病房里和我同期的病人，二期的病人都康复出院了，刚刚熟悉起来的面孔，又轮换成新的陌生。唯一不变的茫然和困惑写在他们的脸上，相信这样的表情也写在我和小红的脸上，分不清是对手术的成败还是对自己的未来，总有一种模糊的哀伤镶嵌在我们的骨子里，挥之不去。

小红因为那次伤口的裂开，暂时可以不用练弯了，可以理直气壮地随时呼呼睡觉，醒的时候走过来和我说话，这是她用疼痛和血做代价换来的自由。想想我们这般年纪所经受的疼痛，真的太不容易了。

我们俩像两个久经沙场的老手一样，对新来的病人传授手术时候的心态，也可算是经验吧，说得最多的一句话就是"别怕"。然后相视而笑，有谁知道在我们的笑容背后蕴含着怎样的痛苦和酸楚呢？其间的感受，只有我们自己相互懂得。

又过了半个多月的时间，就要元旦了，住在医院里时间久了，会产生烦躁的情绪。一天到晚接受量体温、扎液拔液、查房，看着穿白大衣的人们来回晃动，枯燥的生活，让人发疯。我想回家。

爸爸问医生我能不能出院，医生说可以，但是得戴着石膏回去，还不到拆下去的日子。

之后姑父便为我做了个担架，戴着石膏回去，上下火车，中途倒车，非常不方便，又因为戴着石膏，不能抱我也不能背我，又没有直达的车，路途又是如此遥远，真的是件伤脑筋的事情。

当时赶上春运，火车票特别难买到，在那个零下24度的北方陌生城市里，爸爸去了好几次火车站，每次回来时的手和脸都被冻得通红通红的，看了心痛。那一刻我在想，不知道爸爸妈妈后不后悔拥有我这样的女儿，为他们带来这么多的麻烦，转身，我的眼泪流在心里。

我和小红同一天出院了，相互道别时，她说会给我写信，我在内心深处为她祝福，希望她有一个幸福完美的人生，一如她的人一样的美丽，我相信她会的。

离开那个冰天雪地的城市时，我怀着一种雀跃的心情。我至今无法说清它对我意味着什么，在我的感觉里，它是我所有灰暗生活的开始，包括心情，如同它不明亮的建筑的颜色——灰。

在我们中途倒车的那一站，他和哥哥接我和爸爸妈妈，然后我们一起回来。

回来之后他飞奔一样地往返于我和他的单位之间，所有工作之余的时间，他都在陪我。他下班赶来喂我吃饭，他说该让妈妈休息一下，他能做的事情他会努力做的。那段日子是很美好的，可我却总是莫名地感伤。

过年之前的时候，把石膏拆掉了，我也将面对小红那样的练弯过程，面对疼痛，我是胆小鬼，我一点也不坚强。他安慰我说:"没事,我帮你练习,咱慢慢来。"

对于练弯,我总感到恐慌,或许小红的遭遇给我留下了不小的阴影。

他说:"你看,外面的天气逐渐暖了,你不练弯,我怎么带你出去啊?是不是?我们慢慢练习,家里人不会那么狠的,你疼了,我们就轻点儿,好不好?"

那年大年初九,我开始了练弯的历程,但是我坚决拒绝他给我练习,我怕他手重,更重要的是我怕疼!

练弯真的是件非常痛苦的事情,没有体会过的人是不会了解的。但是我应该庆幸的是我没有到医院去让医生帮助练习,尽管效果不是太好,只弯到90度,可我很知足,那是妈妈忍着眼泪对我"狠心"的成绩啊。虽然其间也有因为疼痛,我的泪水把枕头浸透的时候,但是还好,没有激烈地活动过,90度的结果都是慢慢地练习出来的。

恢复了半年多之后,我清楚地知道,手术的结果是失败的!我没能像大夫所预言的那样,站起来!这个结果十分对不起我所受的那份罪,也对不起来自爸爸妈妈心力交瘁的奔波和寄予的希望,但这毕竟是我所不能左右的。

我是在那个时候开始明白一种叫作宿命的东西。很多时候很多事情,我们是无法阻止一些叫作注定或是命运的东西的。我所能做的只是安静地接受着它的安排。尽管我有千万个不愿意。又能如何呢?

那年的情人节,我收到他送的一朵黄玫瑰,他说花店里的红玫瑰都卖光了,所以……希望我喜欢。我非常高兴地收下了那朵玫瑰花，希望它代表的是纯粹的爱情。我至今没有勇气知道黄玫瑰究竟代表的是什么意思，也许真的不是爱情吧！

他的爱是我生命中的阳光，当我还沐浴在其中，用这份爱涂抹着手术的失败带来的哀伤时，其实爱情已经开始变质了，像终会枯萎的黄玫瑰一样，从外向里地凋落，只是我毫无感觉而已。

他越来越多的要求，掺杂着条件，这些条件，远远超出爱情的本身。我单纯地以为，他是为我们的爱，我们今后的生活才这样，所以觉得他的要求也在情理之中。

他说想把户口从乡下办到市里来，说要换工作，想到单位里去开车。在当时，这些事情都是非常难的，何况对我一个不经世事的女孩子。可我想帮他实现那些事情，因为我不可救药地深深地爱着他，我悲伤着他的悲伤，快乐着他的快乐，所有的心情都跟随着他的心情起伏。在爱的面前，我完全失去了自己。

通过我的朋友们多方的帮助之下，他的户口和驾驶执照都办下来了，虽然其间我一度困惑，乡下的生活他不喜欢了吗？为什么非要有这种世俗的标志呢？拥有了这些又能证明什么呢？只是他喜欢，我也就不问为什么了，想尽一切办法努力地为他实现着，甚至超出了我的能力范围。

这都源自我对他不可遏制的爱情，我无法自拔地深陷其中，无法自拔。在我的意识当中，爱情就是人世间的一切道理，我为爱做的每一件事情，都是值得的，不管它是荒谬的，还是可笑的，我都是认真地做，无怨无悔。

那一段的时间，他像变了一个人，没来由地和我争吵。在他的眼中，无论我怎么样，做什么，都是不对，发脾气成为他对我最平常的事情。他的脸上那令我陷入爱情的阳光一般明亮的笑容，从此一去不复返，取而代之的是一种绝对属于男性残酷的冷漠。我感到委屈和难过，但是想到他的压力，那些来自他的家人给他的压力，和世间种种尘俗的东西，而这一切烦恼的根源，大部分是由我而来，如果他所爱的对象不是我，如果我是一个健康的女孩子，又谈何压力与烦恼呢？我想他可能是无处宣泄才对我这样吧。想到这些，我便不和他计较，不生他的气，连最基本的冷战都省略掉了的理由，我接受着他的改变。爱情的力量，神圣地支撑着我忍受着他冷酷无常的坏脾气。

一次他和一个朋友晚上开车出去，告诉我不要担心。

我对他说："你路上小心，回来时告诉我，多晚我都会等你的电话，记得告诉我。"

他点头微笑着离开。

整个晚上，他的电话也没有打来，我看着时间一圈一圈地流转过去，急切的心情像是要跳出来，我怕他路上有什么事，那时他还不会开车。

到了第二天上午他才安全无恙地出现在我的面前，看见他，我的心终于踏实下来。

他表情冷冷地说："有什么可担心的？你这样的态度，我怎么学得会！"

我觉得好笑："你有没有搞错，我影响你了？"

他还是冷冷地说："你不是让我给你回电话吗？"

我说："可是你回了吗？"

他说："没有。"

我说:"那还说什么?"

诸如此类的争吵时常发生在我和他之间,他有时很不讲道理,脾气也很大。

后来他总是这样,遇到事情,就乱嚷。若是发现自己错了,也只是轻描淡写地说一句"对不起"。

那是我为他买完自行车之后,他来找我,不太高兴的样子,说:"把自行车备用的钥匙给我。"

我把钥匙递给他。

他说:"你买旧的多好,非买新的,现在被扣了,你说怎么办?"

我委屈地看着他,说:"旧的就不会被扣了吗?"

他的声音大起来:"旧的手续齐全啊,新的我去领都不好领。"

我问:"为什么?"

他说:"懒得说。"

我很难过,也大着声音说:"你有没有良心啊,天气那么热,太阳那么晒,我给你买回来了,你还这也不是,那也不是的,究竟怎么样才好,你才满意?"

他生气着说:"我怎么没良心了?"

我说:"你就是没良心,我做错什么了吗?"

他更是生气的表情,把我们的合影照片从相框里卸下来,撕成碎片,扔到楼下。看着那一片一片的碎纸屑随风散开,落到地面上,我的心被他的举止也撕得粉碎,如同他扔掉的照片碎片一样,飘来荡去,飘来荡去……眼泪大滴大滴地流下来。虽然我包容着他对我的一切行为,然而这一次,我却分明感受到心在流血，破裂。

我被眼前这个熟悉的陌生人无情地肢解，他让我感到一阵寒冷和刺痛，像一支灵光闪烁的利箭，穿过我的心脏。我重新成为那个对于感情一窍不通的无知幼儿，这难道就是我所爱的人对爱情的诠释吗？

面对着这份爱情，我茫然了，隐约的感觉着某种不祥的结果正在向我逼近。在当时我并不是很深刻地理解爱情，只知道真诚、善良和对爱情的执着忠贞是我拥有的全部资源。其实我本不该像其他的女孩子那样，纯朴地争取爱情的，那原本就不属于我，早在上天为我塑造生命的时候，就没给我这个权力吧。所以针对爱情，我百般的努力，到头来的结果，只能是更深一些地受到伤害。

我的天真和幼稚成功地支撑着我，一厢情愿地寻找着希望的苗头。殊不知，那只是我一个人坚守的一个美丽的愿望，它若美丽，也只是在手术之前美丽过，手术失败以后，早已变幻了容颜，成为一张没有了生机的面具。

尽管如此，我的生活和爱情依然以其惯性苍白的进行着，直到那个春天到来的时候，他为我们的爱情画上了句号。

依旧是一个没有阳光的下午，和初次见到他的那个午后，光线如出一辙的相似，如此的巧合，也是上天的安排吧！在这样灰暗的基调中开始和结束的爱情，多少也是有几分注定的。

当我傻傻地笑着，为他的到来而雀跃。

他坐在我的身边，为难的表情，沉默着。半天之后，他才开口说话，但也不看我的眼睛。

他说:"我们……分手吧!"

我的笑容渐渐隐退,眼里含着泪水,虽然这个结果我早有预感,知道这是迟早的事情,但真的来了,我还是难以接受。虽然出奇的镇定向他演示了我的坚强,表明了我永不言败的立场!但是那种万箭穿心的感觉,汹涌的疼痛,还是在一瞬间猛烈地将我击倒了。

他断断续续地说着:"我家里人坚决反对我们在一起……如果我选择了你,就意味着和他们断绝关系,所以……我很为难!"

我强忍着的泪水终于流了下来:"你不用说了,我懂!"我握着爱情的双手正在一点一点丧失温度。

他说:"我真的舍不得离开你,你温柔善良,对我这么好,相信以后不会有谁像你对我这样了。"

我听着他的话,渐渐变得遥远而空灵,像是飘起来,扩散在空气中,丝丝缕缕,没有边际。那个声音令我感到孤独和陌生,感到无边无际的悲凉紧紧地包围着我,喘不过气来。那分明是春天,一切都是在开始,而我手中握着的内心的依赖,却是在结束。

他还在说着:"我想常来看你,让我继续关心你,爱护你,像哥哥一样吧。"

我微微地笑起来,对他说:"不必了吧,那样我会更加痛苦的。"他深深地看着我,似乎要看穿我骨子深处的哀伤,我的心在他言语停止的瞬间,像冰层下面的黑色潮水,不停地翻涌着,疼痛着。失去了爱情,对我来说就是世间最彻底的绝望。

天空忽然下起雨来,是那年的第一场雨,伴随着我一年的爱情生活，就这么简单地在那年的春天，第一场大雨和我决堤的泪水当中，冰冷地结束了。一切关于幸福的憧憬，全部搁浅在他的唇齿之间。

我过分投入的一份感情，瞬息之间灰飞烟灭了，太长的时间我无法承受，也不能够释怀。毕竟我是心胸不够宽广，也是不十分坚强的女孩子，同样有着世间最普通意义上的感伤与悲凉。生活在我的眼中，一下子失去了全部的意义，随着黄昏里的最后一道阳光的消失，我决定着自己的死亡，决定着灵魂的去向，地狱抑或天堂，都不再重要，重要的是我要离开，离开这个世界，离开这个是非纷扰的尘世，就好。

那晚的星光格外璀璨，仿佛是月亮布下的陷阱，悠远而明亮。忽然想起儿时，家乡的新年，那些燃放烟花的时刻，看着那昙花一现的绚丽和星星点点的坠落，瞬间的盛开、凋落，以及之后那无边的落寞，我的心里竟是微酸的滋味，过后想来，那种微酸的滋味，竟是一种心痛的优美。

又想到我的爱情，我真心地付出了，努力了，也痴心地在爱着，到头来却如同一场烟花的表演，伸出的手掌，握住的除了曲终人散之后的落寞和伤痛，便是那开开落落之间梦做一半的凄美。我所感叹的是：没有一朵烟花可以永远地停留下来，绚烂地盛开在星空的下面。

终究只是一场缘起缘灭的过程，这个过程，我们究竟谁是谁的过客，谁又是谁命中的点缀，这些都已不再重要。尽管我曾经那么地恨过自己，恨过命运，为什么有一个如此的病体？不给我追求幸福的权力；也怨过上天，为何摆布着我人生的起伏？光辉暗淡不由我做主；唯一对爱情，对他没有过一点怨恨。我能够感受到他的难处，也相信他一定是爱我的，否则他不会在最后的刹那，那么深那么紧地拥抱我，很长很长时间不肯松开，眼泪不停地流下来，痛苦地离开。只是所有的问题，随着他的转身，都不必再问，问了如何，不问又如何，一切都过去了，爱与不爱，恨与不恨，于我而言，真的不再重要。

桌子上摆着我的杯子，杯子里面装着那些碎片，是他送的曾经完整的杯子。被我打碎之后，碎片还一直保留着，简单地装在我的杯子里，不规则，没有颜色，透明的图案，轻轻地附在我的杯壁上，流泻出浑然一体，流畅自然的光彩。握着它，凉凉的感觉。世事无常，造化弄人吧，转眼就是物是人非的时刻了。我拿起一块玻璃碎片，它还一如当初地闪耀着刺眼的光亮，只是破碎了，就不会再完整。

想着那些有过的从前，和他一起的以往，拥抱、欢笑和争吵，都是一种完美的极致，我拥有着它，也失去了它，这是我的悲哀，也是我的幸福吧。我笑了，笑得泪光像星星，闪烁着钻石一样的光芒。

抬头仰望幽远的星辰，看见一年多的爱情时光，在其间翻涌、升腾、最后落下帷幕，归于一片暗淡的荒芜。人与人有时候就像天上的星星，看起来离得那么近，仿佛在身边，伸手就可以触及，其实却相距遥远，永远不能心意相通。

我举起那块碎片，在左手腕上用力地划下去，当我看见微黑的鲜血如注地流出来，心情是一种从未有过的愉快。闭上眼睛之前，我对着繁华的星空许下心愿，愿他接下来的日子过得好一些，一如他的笑容，温暖、明亮而灿烂。这是我给他最后的祝愿，也是我对他唯一的心愿！然后，我安静地闭上了眼睛，等待着灵魂像星星，眨着眼睛看世界，和世间纷扰的是与非，爱与恨……

非常遗憾，我并没有像想象的那样安静地死去，而是像睡了一觉。忽然醒来，看见他红着眼睛坐在我的身边，那焦急的表情看着心碎、难过，他说："我不值得你这样！"

听着他的声音，我的眼泪不能控制地流下来，内心尖锐着疼痛。深深的绝望，更是让我难以承受，并不是为谁要离开，而是觉得日子不再有意义，我害怕那种心里无所寄托的慌乱，就像一个人独自在无边的黑暗中摸索，没有尽头。

死，对我是一种绝对彻底的吸引，咽下白色药片安睡的死亡，我也有过，只是许多天之后，我还是在医院的病床上模糊地醒了。那种心意寒冷的感觉，比死亡更痛苦，更绝望。我的灵魂死了，留下的是腕上与心上永远的疤痕，和时而疼痛的胃病，再有就是这无边的日子，我在其间煎熬着，消极地生活着，每一分钟都是度日如年。

对于现实中诸如欢乐与悲伤的起伏，完全失去了感知的能力，我陷入了深深的孤独，在孤独里面挣扎、痛苦，与周围的喧哗冰冷地宣战，眼泪是对爱情唯一的纪念。

在这样极致的感伤中过了许多年，我在其中憔悴、忧伤、消瘦，许多外在的内在的努力成功地与时间联手教会我忍耐，也教会了我如何从抵达极致的悲伤中安静平和。悲也好，痛也好，总要自己行到水穷处，坐看云起时。真爱没有得到圆满的结果，也是真爱,流星飞过的时候,没有人看到,也还是一样的华美灿烂。

我身上太多的疤痕,证明着我为爱痴狂过,也见证着我的真心曾经为爱付出过,拥有过相爱过,就不必抱怨,也不必伤痛,这一切足以感恩了。它丰富美丽了我的人生,让其光鲜亮丽,让我频频回首,生疼的同时,不再是苍白和寂寞。

那又是多久以后的事了,某个洒满阳光、明亮的日子,忽然听见一首歌,从街头破旧的音响里传来,直击心里最柔软的地方:

风雨过后不一定有美好的天空,
不是天晴就会有彩虹。
所以你一脸无辜, 不代表你懵懂。
不是所有感情都会有始有终,
孤独尽头不一定惶恐。
可生命总免不了最初的一阵痛,
但愿你的眼睛, 只看得到笑容。
但愿你流下每一滴泪, 都让人感动。
但愿你以后每一个梦, 不会一场空。
天上人间, 如果真值得歌颂,
也是因为有你, 才会变得闹哄哄。
天大地大, 世界比你想象中朦胧。
我不忍心在期哄, 但愿你听得懂,
但愿你会懂, 该何去何从……

许多年万箭穿心的疼痛,刹那之间就释怀在歌曲的只字片语当中，曾经以为自己再也不能承担一滴泪水的重量，听到王菲空灵的诠释之后，终于知道眼泪也可以酝酿出芬芳。最感动的是那句"……但愿你会懂，该何去何从……"大分贝地向我解释生命的转弯处，辽阔的天空。许久没听过这么让人心动的歌了，这一次，唱得如此对味。

走过一长串的从前，到头来不过是一场烟火的表演。所有爱过的画面，如同飞驶而过的地铁，迅速消失，不留印记。往坏处想，那是绝望，可往好处想，那就是希望。人说，爱情没有对错，只有输赢。其实，棋局散了，棋子收了，又哪来的一局胜负输赢？在情感的世界里，我只知道，每一场离别都是同样的伤怀，也包括爱情。

在车来人往的大街上，终于有一份心情，看见绿树、蓝天和笑容，还是那么纯粹，我似乎回到了事物最初的简单里，那是一种久违的美。其实只要一个人愿意，愿意放了自己，学会微笑，像阳光一样温暖地微笑，一切都不会变，再度相信生命中的美丽吧，一如我自己。

我在心里打算着写爱情这段时光的时候，几次拿起笔又放下了。这么长的时间过去了，对于那段记忆，我依旧保持着回避的态度，就算偶尔的回首，也被我强行拒绝了，也许是受伤太深，也许被我一个人的想象演绎得太完美，我总是不愿意，确切地讲，是没有勇气再面对那段不真实的，抑或是太真切的人和事。我的脆弱在那段记忆的面前，表现得尽致淋漓，柔软得就像一片云，风可以随意地将它扭曲、剪碎。

为了这篇文字，我还是从头到尾艰难而痛苦地回忆起来。表面看来风是过去了,但在内心深处,能当它没有来过吗?那每一个片段都牵动着我疼痛的神经,宛若揭开结痂的伤疤一样,刺痛,流血。不过,比起正当经历的时候,我发现自己坚强了许多,至少不必流泪地把他想起,又狠狠地把他忘记。

我感到不解的是,有关于爱情的美好,我的思路清晰、顺畅,而那些争吵、矛盾和他对我的歇斯底里,却忘的特别干净。任凭我用心拼命地想,记忆也是模糊一片,什么都想不起来了。我的记忆就像一张过虑的网,关于好的都留了下来,不好的都随着时间的推移,全部漏掉。所以写到后来,我觉得很累,实在不想过分为难自己,也就潦草地几笔代过。既然他以爱的名义在我的记忆中完美,那么就让他如此完美下去吧。关于爱与恨,缅怀、悼念和忘记,我已不再赋予眼泪和欢喜。我现在的心静如水,说不上快乐,也谈不上悲伤。某一天,在报上看到一句话,说:爱情很短,叹息很长!这像是对我的爱情挺好的诠释。

经过那么长时间的冲刷,到最后的刹那,我才终于明白,也许我痛苦的并不是他离开了我,而是他离开我之后,我仍然爱他。我也终于清楚地知道,爱原来是一个人的事,与任何人都无关的事。所以,许多年以后,世界上如果还有幸福,我希望那是属于他的,而许多年以后,世上如果只有怀念,我希望那是属于我的。

当我即将为这段文字画上句号的时候,听到一首歌,其间弥漫着物是人非的感觉,也是我对我的爱情,对我曾经那么轰轰烈烈地爱着的那个人,感怀的心境,多少也是心酸的,泪湿了眼眶。

手上的青春还剩多少，
思念还有多少煎熬。
偶尔清洁用过的梳子，
留下了时间的线条。

你的世界但愿都好，
当我想起你的微笑。
无意重读那年的情书，
时光悠悠，　青春渐老。

回不去那段相知相识的美好，
都在发黄的信纸上闪耀。
那是青春诗句记号，
莫怪读了心还会跳。

你是否还记得那一段美好，
也许写给你的信早已扔掉。
这样才好，
曾少你的，　你已在别处都得到。

时过境迁之后，当我摊开双手，看见掌心的纹理，还是那么丰富而忧伤，也看见一种飘忽不定的东西，浅浅地刻在我的掌心，那是不是天生的宿命呢？我却无从知晓。只是在我合起双手的那个瞬间，这一场感情又割破我的掌、我的心。就让我相信吧：只要心中有爱，天涯海角与我同在。

8
世界的约定

世界的约定

我一直想开一个跟书有关的店，赚一点钱，够自己的衣食就行。那样我可以整天在自己的店里看书，不必再因为没有电梯或者几个台阶不能进入书店而发愁了。这个店最重要的特点会是音乐和挂在墙壁上的画，要有咖啡、茶、果珍之类的饮品，这些是要收钱的。音乐最好是神秘花园乐队的，或是舒缓空灵的那种，画要抽象，纤尘不染的那种。哪怕你仅仅是因为某一段音乐来到店里面小憩，喝上一杯咖啡，翻几页你喜欢的书，也能体验到我为你创造的感觉吧，对我这就够了。

我会钟爱我的店,爱它纯净的氛围和偶尔坐不满的位子,我会一直放着音乐给最后一位客人听,直到灯火阑珊。

当然,能体会到半夜打烊之后点很多钱的滋味,也是最好。呵呵!

把这样的想法告诉李晓征,他是学美术的,现在在《神界》上班。我一直特别欣赏他的画,用他的话说就是有一种"阴柔的美"。感觉不同吧,形容词都是如此的特别。如果店里面挂着他的画,那一定是最美的。

他说:"嗯,不错的想法,但是也得俗点儿,不能赔钱啊,是不是?"

这的确是个现实的问题,我的确是赔不起的。说过之后过去好长时间也没有实现这个美丽的愿望。

直到那年的夏天,偶然在街上看见一个临街的一楼人家出租,我欣喜半天。经过与房主协商之后,在7月11号我把房子租下来,打算把那个书吧开起来。

爸爸妈妈把钱给我了,他们的心里是不太支持我的,他们担心我从早到晚身体支撑不住,可是看到我坚持的样子也不再说什么,只说:"办手续、装饰之类的事情你自己做吧,锻炼一下你自己,我们年纪大了,帮不上你的忙。"

听着这番话的那一刻,有种温温热热的感觉流遍整个身体,泪水弥漫了双眼。我特别感激爸妈对我的信任,给我机会,我不要输,也不能输!

房子租下来之后,我联系李晓征,刚好赶上他放假一个月的时间,真是太好了!7月13日的那天,我们正式开始店面装修。

一个叔叔帮助找来的工人，开始，刨墙改门。面对这些，我有些蒙了，主要是没独自经历过！工人咣咣地刨墙，声音特别大，我真怕周围的邻居不愿意，这声音本身就打扰了他们，我对工人们说："你们能不能轻点儿啊？这邻居……"

工人们说："怎么轻啊？这都是水泥，轻也刨不下来啊。"

我觉得他们说的有道理："那行，你们继续刨吧，一天刨得完吗？"

工人们说："今天上午就差不多了。"

我说："噢，那请继续吧。"我像个无知少年，什么都不知道。

李晓征主外，需要什么他去买，也是忙得一塌糊涂。毕竟刚走出校园，都是第一次，都没有经验，都像没头的小蚊子一样乱撞。但是在我们的心中，都是充满希望的。终于忙里偷闲的时候，我俩坐在尘土飞扬的门口，看着街上来往的行人，一起憧憬着有关于店的未来。身后堆满的是工人刨下来的砖头、水泥块、和震耳的声音。我们单纯的像两个孩子，对于世事、世故人情一概不懂。

看李晓征挥汗如雨地忙里忙外，一会儿买沙子、水泥，一会儿买钉子，有些东西还不知道在哪儿卖，得现打听。这些琐碎的事情把他累坏了，他还笑呵呵地说着搞笑的话或者发出些声响，缓解疲惫。都是家里的独生孩子，家里的宝贝，为我累成这样，心里面总是有种酸酸的感动。

到第四天的早晨，为不耽误正常装修进程，六点李晓征和我的东边姐姐（她大学毕业到这个城市来上班了，上班之余也来帮帮忙。）随工人一起去买刷房子的涂料，卖涂料的人问他们："你们高中毕业了吗？"

他俩回答："毕业了。"

那人自语道："现在的孩子，高中毕业就装修房子了。"

他们回来告诉我，我们笑起来。

李晓征说："今天我的一个朋友要过来帮忙呢。"

我欣喜地说："啊，真的！是帅哥吗？"

他说："真的！帅哥？是，绝对的帅哥。其实这几天我都和他电话联系，咱们店里的好多事情我都是问他的。"

我说："啊，原来你有向导，早知这样就不盲目崇拜你了。"

"啊，是这样啊，那我不诚实就好了。"他夸张地做着伤感的表情。

那天最忙，里面外面一起干，外面的工人杵墙面上斑驳不平的东西，准备要贴彩色的砖，里面在粉刷墙壁。李晓征叮嘱我一番之后忙忙乎乎地去买砖，没走出多远，背影还在我的视线中，忽然转过身来对我说："他就是我的那个朋友，叫付成立。"

听着他的话，我看见一个大男孩正笑眯眯地朝我走过来，哇，大夏天的，他穿的可真严实，小格子的衬衫，扣着袖口的扣子，迷彩长裤，旅游鞋，绝对的艺术家形象。他走到我面前，一直笑眯眯地："你好，我是付成立。"

我也笑着说："你好，我知道，谢谢你过来帮忙。"

他说："别客气。我和晓征去买东西，一会儿回来。"

"好，辛苦你们了。"我说。

他说："别这么说，再见！"

"再见！"我看着他去追李晓征，为他感到热。后来知道，他是因为太阳过敏才穿成那样,绝不是装酷。

我和米楠留守在火热的太阳下,看着工人一点一点地杵墙面,心想他们杵掉的会是一段记忆吧,想起一首老歌"……风雨的街头,招牌能够挂多久,爱过的老歌,你能记得的有几首……"心中竟有那么一些怅然。

有个工人不停地对我说:"他们买砖的人得什么时候回来?"

我说:"不会太久的,很快就回来。"

那个工人说:"那我们杵完了还没回来,这段时间算谁的?"

"可你们还没杵完啊!"我把声音放大分贝,感觉却像要虚脱,忽然想起原来忙得饭都没顾得吃。

11点多他们杵完了,李晓征他们没回来。那个工人又说:"你赶紧问问,我们不能这样等啊。"

我说:"要不你们先去吃饭吧,估计吃完了,他们也该回来了。"

下午1点多的时候,总算回来了,付成立走过来说:"等着急了吧?"

我像见到救星一样轻松下来:"主要是他们催得我快要虚脱了。"

"没事,有我呢。晓征回家吃饭了,让我告诉你,他马上回来。看了吗,这些彩色瓷砖全是样品。"付成立指着那些砖说。

我惊异于他和李晓征做事奇怪的思维,如此的与众不同:"样品?"

他一边洗瓷砖一边对我说:"是啊!因为没货,如果等的话,还得两三天才能来呢,所以我和李晓征一家一家地买他们的样品,到最后我们买下了每家的样品,卖瓷砖的人全出来看我们。"

我觉得很有意思:"为什么?"

他说:"没见过呗!"

我笑:"是这样啊,怎么感觉像观赏国家重点保护动物呢。"

付成立也笑起来:"你别说,那场面还真像。"

"哈哈哈……"我们的笑声在午后的空气中弥散开来,遮住了枯凝的烈日。

晚上9点多的时候,终于告一段落,屋子粉刷完了,淡蓝色的墙壁,靠上一些是深一点的蓝,下面是浅一点的蓝,分界线是一道白色,后来有人说那道白色像一道光,这是之前我们没有预料的感觉,是意外的美。外面彩色的砖也贴完了,远远看去很漂亮,店的感觉出来一些了。我们四个人互相凝视,眼里都有一种淡淡的成就感。是这些天的辛苦加努力的结果啊!

接下来的忙碌又多了人手来帮忙,米楠的同学,姑姑家的孩子白云,都来了。这个白云可不是一般人,能说能写又能干,性格开朗,非常可爱,还很幽默,有她过来,大家开心了许多。大家一起努力,俗话说:人多力量大。每个人也相对轻松了一些,但主力还是李晓征和付成立。

那天中午,李晓征蹦蹦跶跶走过来。他总是这样,个子挺高,举止像小学一、二年级的孩子一样单纯的可爱:"哎,你发现了吗?这条街的人好像不是看书的人。"

我点着头:"嗯,我也有同感。那怎么办呢?"

他坐下来接着说:"我担心咱们的'书吧'开了,没人进来怎么办?"

我说:"是啊,好像不太乐观。"

他说:"关键是地势不好,这靠近居民区,'书吧'不能开在这条街上。"

我说:"唉,地势好的地方吧,房租又贵,我又没钱。"

他转过头来安慰我:"没事,我们慢慢来。不如咱们入乡随俗吧!"

"入乡随俗?"我没明白他的意思。

他说:"是啊,咱们改成烧烤吧。烧烤应该会有人进来,咱们这里干净,感觉又好,又环保,应该会合这条街上人的胃口,总不能赔钱,是不是?"

"是啊,可是我不懂。"我有些忍痛割爱地说。

他又说:"其实也没什么,就是羊肉串那些东西,这个至少不赔钱,等一点一点有钱了,咱们再到好的地方去开'书吧'。慢慢来,什么事不能急于求成么!你说对吗?"他看着我。

我笑:"是的。那就这样吧,也很好。"

经过那些天的装修,一点一点累积起来的琐碎,我渐渐明白,理想和现实之间的落差,有些事情不像想象的那么简单。

招牌挂上的那天,大家都挺兴奋的,忙乎了许多天,终于初具成果了,每个人都有一种欣慰的感觉。招牌的背景是黄昏,有夕阳和零星的建筑暗影,衬托着"旷野"两个大字,蛮有情调的。灯箱上写着"烧烤冷热饮吧"。

屋子里面:桌子是玻璃的,椅子各种颜色的都有,和外面彩色的墙壁成统一。音响打开着,流出轻柔的音乐,给人一种清爽、透明的感觉。到这样的店里面吃烧烤,真的是一种享受。

李晓征挂完最后一幅画,走来走去寻找感觉,不停地问大家"怎么样",白云和"黑土"(因为白云的到来,付成立成了黑土,他俩侃得比较热闹，因此得名）故意气他说"不怎么样"。

李晓征不理他们："咳，你们都没有欣赏美的水平，我觉得挺好的啊，是吧？"他看着我。

"是的，多棒啊！"我是他这一边的。

白云说："我觉得像画展。"

李晓征欣赏着说："我不觉得啊，这不恰到好处吗。"他从外面不同的角度走进来，说："嗯，不错，OK！就这样了。"

晚上，我的朋友齐齐也过来了，大家坐在一起正聊得热闹，外面的人忽然多起来，一个妇女挑衅着喊："坐轮椅的那个人，给我出来！你给我出来！"

我们都不明白怎么回事，我对坐在身边的齐齐说："齐齐，你推我出去吧，看看怎么了。"

他说："等着，我去。"说着他站起身走出去："怎么着？她不方便你们看不见吗？什么事跟我说吧。"

那个尖锐着声音的妇女说："把她推出来！这他妈的是干什么呀！"

我看见齐齐的脸色突然变了，他指着妇女说："放干净你的臭嘴啊！告诉你，别欺负人啊！说不？不说我还不听了呢。"他转身回来把门关上。

那个妇女双手叉腰站在门口，完全的泼妇："你要敢开烧烤，烟熏着我们楼上，我砸你的店，我让你开不成。"

付成立从屋里冲出去："我开定了，你砸个试试。"

妇女说："我告你去！我去环保局告你去。"

付成立说："你告去吧，赶紧去，赶紧滚！赶紧的，离开这里!"他越说越激动,齐齐又冲出去了,李晓征和白云赶紧拉他们回来,李晓征说:"别吵了,他们都是小市民,我们看不起这些小人,快别和他们吵了。"他也很激动,面部肌肉都在颤抖。

付成立回来把音响的声音开到最大,放着摇滚乐,把泼妇的声音掩盖住。

白云说:"就我这暴脾气,我忍!"

听到她的话,大家都笑了,那样的情形,至少都笑了。

我不知所措,慌乱地看着他们,泪水在眼里打转,齐齐说:"你不许哭!开下去!天塌下来还有我呢。他们如果再来找麻烦,你记得打电话给我,别怕。我原来是不主张你开店的,不怕别的,担心你的身体撑不下来,哪怕我养着你。"

我打断他的话:"你说什么?"他强调着说:"我养着你!现在都装修成这样了,开吧。你干你的,谁来都不要怕,记住了,天塌下来有个高的呢。"他指着自己。

齐齐的话让我特别感动,它化作一股动力,坚定着我开下去的决心。这是我的朋友,让我感觉到力量的朋友,那一瞬间的感伤成为过眼云烟,迅速消失在潮热的空气之中。

这件事情发生之前,我们已经在有关部门注册了,也曾到楼上挨家挨户地解释过,告诉他们这是无烟烧烤,完全环保的,不存在烟熏的问题。可是他们的行为明摆着是在找碴、挑衅。我感觉到一丝寒冷,第一次认识和体验外面的世界,原来是这样的,并不全是阳光明媚。

经过了10天装修的奔波与劳累和一些波折之后,7月24号的那天,我们的"旷野"开业了。

热热闹闹的开业典礼，鞭炮轰轰烈烈地响起来，吓人的响声带来了我新的起点。糟糕地想来，破裂多半适用于希望的肥皂泡，而我的希望却是在一个个爆炸的声响中愈演愈烈。

亲人们带着亲情来捧场，朋友们带着友情来庆贺，喜庆热闹的气氛像一场隆重的盛宴，包围着我们几个主创人的喜悦，以及笑容背后叫作"信念"的东西。

让我感到意外的是，李晓征的爸爸妈妈，付成立的妈妈竟对我表示感激，说感谢我给她们的孩子提供机会，完成一件这样的事情，是她们完全没有预料和想象的。其实归根到底是她们舍不得自己的孩子汗流如雨地做一件事，因此没有机会看见他们其实是最棒的！而我应该感谢他们才对，如果没有他们的帮助，我的理想再美，也只能凭空想象，"旷野"哪里开得起来呢！

恍然间就不知道这一切到底有几分真实感了，外面的世界我的渴望，会带给我怎样的生活？我有些迫不及待了。

前来祝贺的人都已相继离开，各自忙碌着各自的生活去了，想来人都是这个样子，日子每天都向赴宴一样，忙碌、开心、不甘的这一切，无论真实的情景如何，赴宴时也要装饰一下的。

几个主创留下来收拾残局，然后陪我一起急切地睁着双目向店内吸引顾客。晓征这时还没有来，白云和嫂子已经在忙着穿肉串了，羊肉的、鸡肉的，看着她们忙碌的样子，我才终于领会到自己已经算是一个老板，一个不同寻常的生意人了。

在第一拨客人到来之前的这段时间，是如此的漫长，也是彻悟等待对人的精神是怎样的一种磨炼。

李晓征、付成立、米楠、白云他们都成了服务生，米楠把自己的吉他挂在墙壁上，人少的时候弹上一两曲，加上他帅气干净的气质，蛮有浪漫情调的"吉他手"的感觉，说实话挺迷人的。

普遍进店里来的人都说："你们这里，感觉真好！"多少用心良苦、挥汗如雨的努力，就为这顾客至上的一句话吧，一句简单的认可蕴含着我们多少的心血，和彼此间最纯洁的情感。

付成立匆匆进来，神秘兮兮地对李晓征说："嗨，外面来一个小女孩，特漂亮。"

李晓征一边抢过付成立手里的单子一边说："是吗？那我去给她服务吧。"说完风一样蹦着出去了，又风一样地折回来，追着付成立说："你有没有搞错，人家也就刚上幼儿园。"

付成立无辜的说："我说的也是小女孩啊！"

哈哈哈……大家一起笑着，快乐原来是这么的简单。

常常听见路过的人说："这是一群很有个性的孩子开的店，像过家家一样，感觉还挺棒！"我们对视，之后笑容灿烂单纯的如一群孩童……

像最初的设想那样，真的有为一段音乐进来的人，记得最清楚的是一对情侣，他们坐下来点完东西之后安静地欣赏音乐，男生忽然对我说："我认识你！"

我对这张面孔感到陌生，搜寻记忆所有清晰模糊的印象，也还是想不起来他，微笑着对他说："啊，是吗？也许在哪里见过。"

"在桃李街啊！我们是一届的！"他肯定地说。

多希望他说的，曾经真的发生过：我们是一届的同学！

我说："谢谢你还记得我。"

"同学嘛，总是比别人亲。这店是你开的吗？"他对我讲话的表情、语气真像老同学一样的熟悉、亲切。

我点头:"是的,还可以吗?"

"不错,挺有特点的,像我们心底的愿望,你把它实现了。"他笑着对我说着。

"哦,谢谢你的肯定。"我说。

"别说谢,都是同学,以后我们常来呢,为这音乐,这感觉也得来!"他说。

后来他的确常来这里,带着他的朋友或者女友,每次都对我默契地微笑,打招呼,亲切而温暖地称呼我"老同学",好像我们真的是同学!这个感觉很好,是不需解释的美丽的误会。

还有两个中年男子,也常来店里,他们说进我们的店有一种家的温暖。

他们是新疆人,在这个城市上班。常年在外漂泊,多少有些疲倦。我们的店里有音乐、有我们、一群和他们的孩子年纪一样的孩子,让他们觉得放松,觉得像回到自己的家。每次他们来店里都是自己找碟片放王洛宾的音乐《在那遥远的地方》,非常自然,像回家。也给我们讲新疆的葡萄,和大片大片的沙漠,一眼望不到边。偶尔会有一棵树在很遥远的地方孤单地站立着,一个人,无依无靠的样子。听着听着,我真想到这样的地方去走走,多好啊。我一直有这些区域的情结,蒙古、新疆、敦煌都是我向往的地方,不知什么年月我才能去到那里看一看飞天、草原,感受一次离天空很近的感觉,一定是很美的。

当然,来店里的顾客也不全是这样的,有天晚上,来了一对中年男女,一边吃一边说我们店的感觉好,东西贵。当时付成立他们不在，只有我和表嫂，她负责烧烤。女人吃着聊着，忽然问："谁是老板啊？"

我微笑着说："我是。请问有什么事情吗？"

她说："你？你有二十岁吗？跟个孩子似的，一看就不会做生意。你知道别处的啤酒卖多少钱吗？"

我依旧笑着对她说："那要看什么档次的，价钱当然不一样。"

她又说："不是我说你，小妹妹，我也是做买卖的人，我那摊子，一个月的租金就六千块，钱，我不在乎。你这儿的啤酒太贵，东西都贵。生意上的事儿你不懂，得学。别处都一块五一瓶，你咋就两块一瓶呢？"

我说："您说的那是路边摊儿的价钱，我们这儿是室内，又是空调又是房费的，您也是做生意的人，应该能理解。"

她看着我说："我不在乎这五毛钱，给我结账。"

我把啤酒按一块五给她算，微笑着说："26块。"

她说："得，就给你20吧。"

我收了那20块钱，感到茫然，这就是所谓的"有钱的生意人"！她们后来还来过第二次，付成立说："以后再遇到这样的人，咱不接待。"后来，诸如这样的人我又见过，为数不少。

雨天的时候，生意是会大受影响的。但这一天雨下得正猛，对面楼里的几个南方人跑着进来，说是给我们捧场来了，我倒是挺高兴的，毕竟是这么个雨天。大家开始张罗起来，尽管他们没点几样菜。朋友们不知在一旁窃窃私语着什么，他们点的板面并不是店里有的主食，外面又在下雨，"伙计们"都不愿出去买，最后还是推出了一个人，白云无奈地喊着："为什么受伤的总是我"举着伞跑出去了。过了好久，终于拎着面回来，据说是在另一条街口才买到的，唉，这折腾人的南方人。结账时还计较地把零头抹去。看着一桌狼藉的场面中剩下的那碗板面，大家觉得委屈极了。

送走那一拨人后，雨下得更是猛烈，雨水已形成小河铺淌在路面上，而雨爷爷还在尽情挥洒着。百无聊赖的我们听着"丁香花"看着街上偶尔驰过的车辆，里面又会坐着何等面孔，何等心境的人呢？也有一两个小伞长腿移动着的人影近了，又远了。

对面楼口一直站着一个中年发福的男人，不停打着手机，也听不清具体说着什么，一会儿又见他焦虑地在楼口来回踱步，朋友们说着什么打发着雨水冲刷的时间，也许感觉会格外清澈。

对面路上缓缓地走过来两个人，后面一个男孩子没有打伞，我在心里为之一动。白云说他是真正的猛士，敢于直面疯狂的大雨，大家还为此大笑了一场。而后两个人停在了楼梯口，前面的人不知和等在那里的中年男人说了些什么，然后返回身走远了。孩子随中年男人走进楼里。我们失去了雨的参照物，相对寂寞了一些。原本这些也没什么值得落笔的，但随后发生的事对我触动很深，所以记录下来。

楼口右侧的一楼传来阵阵的打骂声，在这雨水瓢泼的晌午格外刺耳，雨并不能掩饰一切。

打骂声一阵赛过一阵，隐约感觉与刚才的孩子有关，只是，并没有反抗，叮当地好多东西碰摔的声音，我们听得越来越清晰，好像是孩子没有在家学习而跑出去上网吧了。

大家一致认为这是绝对的家庭暴力。一向开朗的白云此时无言凝视着对面的窗户,我知道她是感同身受的难过。因为她也常常会有这样的待遇,可幸运的是,她是天生的乐天派。对面的声响已聚拢了许多雨中疾色行走的人驻足打探,但没有人出面制止这种暴行,这就是外面世界的冷酷吧,劣根性导致了看热闹的心态的蔓延。暴行大约持续了半个小时,也许是家长打累了,周围的人渐渐散去,如同电影散场般。从此在他们的饭后茶余又增添了一个感触颇深的话题,可以想象他们谈及此事时会有多么的慷慨激昂,义愤填膺,而在事发时他们又有着何等冷酷的心肠。

雨反倒在暴行过后小了一些,不是说天若有情天亦老吗?看来,上苍在这个时代也盲目追求养颜美容之道了。我们大家正为那个孩子的境遇担心时,对面窗户开了。男孩子斜挎了一个米黄色的包从窗里慢慢地爬出来,我们看不清他的表情,但我可以想见他心里必是有着一份仇恨,一份挣扎,但绝无留恋,因为他迈出的步伐是那么坚毅,甚至于不择路而走,无论是坑还是洼,他都一路直着走下去了。他的心中走的必不是眼前的路了,他又会去哪里呢?

后来大家又谈及此事时揣测着背景,觉得他仿佛是个单亲家庭里的孩子。对于孩子的去向,大家也一致认为也许离开也不失是正确的选择。

外面世界的精彩,让父子可以决绝地这般冷漠,亲情也可以以这种演绎方式解读给世人"观赏",还有多少东西是我所意料不到的呢?

雨水也许能冲走一些什么,但有时倒觉得带来的东西却更耐人寻味了。渴望雨时,心境也不一样了。没事时,不妨听听雨,看看雨,再仔细品味一番。

开店之前,对于外面的世界我一点也不了解,我以为人和人之间都是互相善待的,我相信所有的人都是善良的,至少不必设防。我的字典里不存在"尔虞我诈"这个词,也不理解它实质的意思。开店之后,遇到一些人,一些事,真的让我感到茫然,甚至于悲伤,有太多的事情,是我所不能理解的。我也不明白,我究竟招惹了谁,是上苍还是命运?

开业之前的那次吵架之后,那些人联名到环保局将"旷野"告了,环保局来人检查,结果一切符合环保标准,害他们白走一趟。那些人还不罢休,又来找,直到我们一一演示给他们看,直到他们无话可说地走开。这也不算完,最气愤的是一些不着边儿的事情也赖在我们的身上,比如停水,天知道这和我们有什么关系。

一个女人忽然站在我们的门口说:"你把闸门关了吧?"

我愣了一下,微笑着对她说:"您说什么?"

她说:"我们楼上没水,是你把闸门关上了吧?"

米楠的同学晏浩说:"怎么回事啊?干吗老把我们想成坏人?闸门在哪儿你进来告诉我!"

女人进来走一圈看看没有,要离开。

晏浩说:"告诉你啊!以后别以这样的方式到这儿来,我们不欢迎。"

想来也够滑稽的,于我这般不经世事,也实在难以理解,那些人,那些事,更不能理解,我究竟影响了他们什么呢?他们的行为几次三番地伤害着我的良善,破坏着我对这个世界的憧憬与那些美丽的愿望。

下雨了，招牌下有避雨的人，付成立把他们请进来坐，并送上一杯热茶，和他们聊着天气之外的话题，直到雨停，他们离开。有个老人因为避雨和我们认识，每次遇见都亲切地打招呼，提醒我天气凉了，加件衣服；有个女孩子因为避雨，我把雨伞借给她，她出乎意料地感动，有空就来店里帮忙。都是萍水相逢，都是举手之劳，感受却是如此的不同，如果这个世界多一些关爱，少一点冷漠，那又会是什么样子呢？

　　闲下来的时候，大家坐一起，听米楠弹吉他，再配以李晓征和白云的经典调侃，都可以把冯小刚的贺岁片给 pass 掉了，绝对的生活加艺术。真实片段的链接，画面定格在时光当中叫作岁月的底片上，精美绝伦。大家一起，彼此间的默契，情同两手，一起欢乐，难题一起面对的感觉是种凝聚的力量和温暖。即便我属于善感的人，也能触摸到幸福，把悲伤的画面尘封到相框的后面，只感受这份纯粹的温暖。

　　开店的那段日子，看着晓征和付成立忙进忙出的联系货源，听着嫂子和白云在后厨时而停顿时而衔接的对话。一个人在前厅不知所想地注视着店外来往匆匆的行人，心中只有一个迫切的想法，那就是生意千万要一天天好起来。

　　人总是矛盾的，现在我就如此，一方面我厌恶人的拜金，钱乃世俗之物，于我够用即可。而另一方面，我又不得不承认自己是需要钱的。为了这个店付出的太多，我急需回报，而于回报而言，最好的就是钱了。原本自己也就是一个俗人，更何况又处于这样的一个角色上，对此，我也很有无力感。

　　开店后，觉得像自己的再生，以至于不再渴望回家。一张折叠床，一床毛巾被，足矣。每天下班后，晓征嫂子她们会将门在外面锁好了，第二天早上过来再将门打开，于是新的一天就又开始了。

一个人躺在床上的时候，只能是胡乱地思考。说实话，自开业以来，店里的生意时好时坏的，并不如想象的那么顺畅，这样下去有着不乐观的趋势。这怎能不让我忧心忡忡呢？但看着朋友们努力维系这份成果的行动与付出，我也只能努力表现出前途无限光明的样子。有时偶尔觉得自己就是把脸打肿了的那一个。可是又有谁能真正了解我的感受和我的企盼呢？自己偏偏又是如此的要强，不愿被人洞察情绪呢。有时，有一种放弃的想法，但这一切来之是多么的困难艰辛，我该如何维系下去呢？

如果那时也坚持写日记就好了，至少现在不用这么用心颇苦地回想当时的情形。实在是很忙吧，只是记得尽管生意不是很好，但朋友们在店里也还是快乐的。我不知道他们是不知我的苦衷还是故意给我信心，店中的笑声总是不断地，这样的一个小店把几个原本陌生的人毫无距离的牵绊在一起，一起为之喜，为之忧，大有苦中为乐的革命精神。当我把店中一切事务都抛开后，所剩下的就是这些唯一值得回忆的面孔和一段再也挥不去的旋律，"花儿"的歌是我生命中小店的背景音乐，他从那段光阴中流淌而过，从此渗入我的心底。

所记得的清晰的只有两件事，就是晓征的家人经常来捧场照顾，一扫开店前周围邻居带给我的压力，才觉得在这个世界上好人毕竟还是有的。他们的到来纠正了我稍微倾斜了的判断，这是一个对外面世界的判断。忽然就有了些许的惭愧感，为自己曾经有过的邪念,然后对着镜子说:"我本善良吗?"以后每当他们来时都会带给我对人世无限感激的心态,我知道我的内心需要的就是这样的支持。我觉得这才是我的立命之本,命运给我的都是我不能承担的,所以我只能说"我需要帮助",但我从不承认自己是弱者。也没有人会认同"强者是孤立的"。

第二件事情是一段关于朋友们的记忆。

在晓征要离开店回天津上班的前一晚,大家决定开一个小型的送别会。地点当然是在店中。那一晚在现在大家的记忆中也是最扎眼的。米楠喝着绝对高纯度的苦咖啡,眯着眼睛很少讲话。我们将两张玻璃桌拼在一起,摆好菜后,嫂子下班走了。剩下我们无拘无束地开始发挥。几杯啤酒下肚,每个人都活跃起来,菜被吃得见底后,不记得是谁提议,反正有家伙什,不如烧烤点东西吃,于是全票通过。晓征在后面开始操练起来,付成立两头蹿,米楠本分地守在我的身边等待胜利的果实。不一会儿,一大盘肉串被端了上来,大家一阵手忙脚乱的争抢,一盘没了!又去烤,吃完第二盘,大家认为总吃肉不好,有人提议烤土豆片,晓征去穿,然后付成立他们三个在后面热热闹闹地烤起来,不一会儿我在前厅也闻到土豆诱人的香气,米楠再也坐不住了。他也加入烧烤的队伍中去了。实验的结果是成功的,很好吃,于是决定把剩下的几个土豆也洗了一起烤了,在这个过程中,付成立又发现新大陆一样找到了几根青椒,这下更热闹了。一大盘烤土豆片和青椒串儿上来后,大家都被火烤得严重缺水,赶紧补充水分,啤酒、咖啡也是必不可少的。当所有烤出来的东西被一扫而光后,不知是谁又找到一个土豆,好像又充满了希望似的,然而就是在这时，煤气罐没气了。只好晓征一边烤，米楠在一边晃煤气罐。尽管如此，还是没能将土豆烤熟。看着半生不熟的那几串，大家都有了弹尽粮绝的解脱感。

那说说笑笑的场面，在那样的一个夜里，在别人的睡梦中，我们如此挥霍着一切，生命、时间、金钱、友谊，是如此的畅快淋漓。时间已是凌晨三点多了，为了防止引起公愤，我们将音响调低了许多，付成立开始拿着酒瓶模仿明星为大家演唱歌曲，他的这种一听即会的天赋是得到大家公认的。滑稽的行为举止引得大家哄笑不断。米楠还在不紧不慢地呷着啤酒，他的酒量绝对是一等一的。晓征从开始打开冰柜挖冰糕就笑个不停，看着窗外开始吐出鱼肚白的凌晨四点半的天，临别的不舍开始弥漫，晓征要回公司上班了。他成了第一拨离开小店的"创始人"，仅仅一个月的工夫，几个人的感情已经好得没话说，突然间要离开，心里像一下子少了些什么。好在他们都有机会回来，挽留的话也不必多说了。五点半左右大家把锁着的店门打开，把灯箱之类的东西都搬出去后，付成立和米楠先走了。因为一夜未归，家里并不知道，后来听说，他们都是偷偷溜进屋里装睡了一会儿的，噢！天下竟还有如此粗心的父母！

清晨，伴随着淡淡的离绪，我们互相说再见，朝夕相处的时间里，大家都有了深厚的感情，说再见，真的依依不舍呢。初升的太阳把我们的身影镀上一层光辉，明亮地开始新鲜的一天，最重要的是有李晓征的祝愿，和每个人对"旷野"寄予的希望，才让平凡的日子闪亮。店里又剩下我一个人了，我只是在想：今天会好一些吧，但愿。

⑨ 心——零下四度

心——零下四度

付成立、米楠、晏浩他们都是大学生，假期结束的时候都会离开"旷野"回学校上课的。他们说趁着没开学的日子里赶紧招工，要选最善良的，不然他们离开会不放心的，说怕我受委屈。那个刹那，我感动极了，他们想得比家人还周到。这一感动，对他们的称呼也改变了，付成立——亲爱的，晏浩——最爱的，米楠说："那叫我'亲热的'吧！"那透彻的如同水晶一般纯粹的笑声弥漫在空气中，围绕着我们。

"招工启示"贴出去之后，来的第一个人很有意思，瘦瘦高高的一个大男生，他说：

"我曾经是大堂经理,失恋了,没心思干,可是没事干了更痛苦,又想找事做,觉得忙点儿好。"

我说:"您看看这里,平时事儿也不少,不会太轻松,您考虑一下,好吗?"

他说:"别让我闲着就行,不给工资也行。我钻戒都给她买好了,还剩十天就结婚了,她突然变卦了,你说我这心里能好受吗?"

他像受了刺激一样,反反复复唠叨着自己失恋的事情,一个多小时之后离开。

第二个人来应聘时,"亲爱的"正准备回家,背着吉他的样子,蛮帅的,像个音乐制作人。来的又是一个戴眼镜的大男生。"亲爱的"跟他谈店里面的工作,那个大男生说:"我到这儿来做兼职,前段时间做买卖赔了,我得赶紧补回来,我特需要钱。"

"亲爱的"说:"这里的工作基本就这样,您考虑一下?"

他说:"行,我考虑考虑,我就是特需要钱!"离开的时候和我们每人握手,蛮绅士地走了。

"亲爱的"接待完他,回家,临走时,学着那个男生的样子和我们每人握手,夸张地说:"我特需要钱!"

见过来店里应聘行色的人之后,忽然想起一部不知名字的电视剧,是马羚主演的,剧中的马羚是大龄的自由撰稿人。通过"征婚"的方式找男朋友,引出一系列滑稽搞笑的事情来。我是没头没尾地看过那么几段,觉得那是编剧营造的一种喜剧效果,应该不存在现实的生活中。见过来店里应聘的一些人之后,我才相信,原来剧情都是来源于生活,无论是悲剧还是喜剧。

那天下一点雨，呼吸着空气中湿润的气息，很舒服。忽然听见路的对面传来和初恋说话的语气一样的说话声，我循着声音看过去，一个长相很胖的大男生，正靠在那儿打电话，矮矮胖胖的样子。我看着他发起呆来，然后被"亲爱的"发现，问我怎么了，我把这份心情告诉他，"亲爱的"说："啊，你喜欢的人就这样？没水准。"

我嘟着嘴："哼，比你好看！"

"亲热的"说："对面的那个人吗？净来咱们店里，你都不知道？他住那个六楼，蓝色玻璃的那家。"

我惊讶地睁大眼睛："啊，你怎么知道他这么多？"

"亲热的"说："我给他送过羊肉串啊！"

我说："真的呀，我怎么都不知道？"

"最爱的"说："你看看，啥都不知道，我们走了，怎么放心得下你呢，唉！"他说着拍拍我的头，样子像个大人轻抚小孩子的感觉。

"亲爱的"说："他从'旷野'开业就来吃烧烤，你没注意到他，可见他长得多一般。有我们这么多帅哥喜欢你，还能看得上那么丑的男生？"他说着对我做个很丑的鬼脸。

我又嘟起嘴："哼，那也不喜欢你，就是不喜欢你。"

"亲爱的"说："你说的哦，别后悔哦，我们走了哦，真的走了哦……"他一边回头看我一边往门口移动缓慢的步子，直到我笑起来……

的确，后来经常看见那个六楼帅哥来我们的店里，每次大家都对我报之坏笑，害得结账这件简单的事情也得由"最爱的"他们来做,搞得我很不自然,面对那位普通的顾客。

我把这一切发短信告诉另一个城市的晓征,他回信息说:"你是不是喜欢那个男生了?"

我说:"不,是把他当作缅怀的风景了。"

他说:"嗯,知道了。"

没过多少天,一天中午我看见六楼帅哥搬着许多的箱子、包,还有电风扇之类的东西,上一辆出租车,走了。我目送他,想象着他会去哪里呢?离开这个城市还是仅仅离开这条街呢?他还会想起"旷野"吗?我们还会再见面吗?若是见了我还能认出他吗?想来好像我没对他讲过一句话,他一定不知道我在目送他,并且因为他的离开而落寞。这一切只是因为他和初恋说话的语气很像。想着这些不需要答案的问题,看着他消失在路口的转角,我祝福他一路平安吧,不管他的终点在哪里。

日子中少了一道风景,相对寂寞一些,偶尔抬头看看那个六楼蓝色的玻璃窗,竟是物是人非的感觉。但是习惯了,是六楼帅哥在的时候养成的。生命中有多少的聚散像这样淡淡的如同一首无字无曲的歌,仿佛黄昏中一只归巢的倦鸟,我们视线中的来去只是偶然的相遇,好像呼吸一样,简单,又那么自然,不需要过多的凝神和想念。

天气一天一天转凉,来店里吃烧烤的人逐渐减少了,由一天收入一百多块钱到几十块钱,再到后来的几块钱。那几天真的着急,不能这么赔下去,又想不出更好的办法,忽然觉得特别无助,我陷入进退两难的地步。进,怎么样才能像最初那样不断有人进来,退,又不甘心,它毕竟倾注着我们每个人的心血和希望,也寄予着我没给自己留下退路的赌注。怎么能这样轻言放弃呢?

我的社会知识、经验几乎等于零,许多的事情我不懂,比如说如何处世,如何取悦尖锐客人的欢喜,我都不知道该怎么处理才算圆满。而不懂得这些想坚持下去又很难,面对诸多问题,我像迷失了方向一样茫然。

那天又是客人疏落萧条的一天,我伤感地躲在角落里偷偷地哭,被"最爱的"看见了,他问:"你怎么了?哭了吗?"

我不理他。

他蹲下来双手托腮仰着头看我,说:"你看看,眼睛哭肿了,该不好看了。别哭,谁开始做事都不是特别顺利的,这不算什么。我们再想想办法,好吗?坚强点儿,一定有办法的。来,小立买葡萄了,我去拿来给你吃,补补你的眼泪,流没了该怎么办啊!"

他站起来去拿葡萄,"亲爱的"也跟了进来,端着洗好的葡萄说:"来吃葡萄吧,没关系,会好的,嗯?!"

我接过葡萄,对他们说:"知道,我会挺过去的,放心吧!"

"最爱的"说:"我们也知道,你会坚强的,我们会和你一起面对的。"

我微微地笑,点着头:"嗯。"

他俩伸出手用力地握住我的手,我感觉到了力量,这份力量来自他们,一份纯粹的情感和我刹那的脆弱融合在一起等于整片完美的天空,如此真挚的友情让我感动,还有什么理由不坚持下去呢!

我其实是那种脆弱，依赖性蛮强的人。近两个月的时间店里面的事情全部是由"亲爱的"他们处理的，例如人与人之间的事情。他一直和东边的邻居相处得很好，没事儿的时候和他们坐下来聊天儿，说这样是为将来打基础。他担心他们不在的时候，楼上的那些人来找我麻烦，所以和东边的邻居相处好了，可以拜托邻居，等他们上学走了，多关照我一下。

店里面的生意逐渐好转的时候，"亲爱的"他们该回学校上课去了，真希望他们永远和我在一起，共同支撑着"旷野"。在我心里，他们很重要。难以想象他们不在我的身边了，我一个人如何习惯，如何支撑。

"亲爱的"说："你慢慢地就会习惯了，记得坚强，不许再哭，遇到事情打电话给我，可以每天，嗯？"

我感受着他周到的叮咛："知道了。"心情无比难过，总是要说再见的，相聚分离是人生必然的风景，我们都是一些走在漫长路上的人，在喧嚣之中，笑容温暖地挥手说再见，别离也显得温暖。

"亲爱的"拿过来两张光盘，说："有一首歌是专门送给你的。"

我高兴起来："哦，真的！哪首歌？"

他说："第二首。你要认真地听哦，这首歌是我送给你的。"

我笑嘻嘻地答应着，可是当我安静地听完一遍之后，泪水一下子流出来。那首歌里面的字字句句都好像是唱给我的、唱给我们之间的。我忽然想起两个月以来一起度过的日子，想起了宿命，以及与之相伴的种种情节，还有什么能比这个更重要吗？

"……但是天总会黑，人总要离别，谁也不能永远陪谁，而孤单的滋味谁都要面对，不只是你我会感觉到疲惫……"

"最爱的"说："我们寒假回来，你和'旷野'会是一起的吗？"

我知道他希望得到我的肯定，但我无法承诺那么远的未来，只是微微地向他点一下头，心里不太有底的感觉。

他拍着我的头说："听话啊，寒假回来带很多的电话卡给你。"

我高兴地笑："真的吗？"

他也笑："当然是真的，要乖哦！"

这对我是最好的奖励。

"亲爱的"喜欢花儿乐队，"旷野"没开业，音响买回来的那天就开始反反复复放花儿乐队的歌了。那张《我是你的罗密欧》的专辑成了我们共同的回忆。最后我们在《当你孤单你会想起谁》的歌声中暂时分开一些时间，他们要回学校上课去了。"……当你孤单你会想起谁，你想不想找个人来陪，你的快乐伤悲，只有我能体会，让我再陪你走一回……"

他们暂时离开的这段时间，由我作为创始人支撑着"旷野"，许多事情也由我一个人来面对和处理，尽管我单纯得如同白纸，这一天也是迟早的事情。为了最初的想法，我得坚持下去，好实现那个理想啊，就是到地势好的地方开"书吧"！想到理想这剂精神的良药，心中就有股力量，支撑着我和员工们相处，问题也随之而来。近两个月被迫关门的时候，我尝尽世间的冷暖，以及与人生百态相伴而来的虚伪，让我有种受伤之后支离破碎的痛苦。曾经以为外面的世界只要付出真诚和勇气，一切不会太差的，事实证明我错了，至少应该设防的，可是我没有。

"亲爱的"他们在的时候,"旷野"的生意趋于好转是因为转型,我们把它转变成和当地的民俗相吻合的饭馆了。因为发觉那条街上来往的行人不是整天醉醺醺的就是整天打牌,在那里"棋牌室"的生意是最火的。无论是饭馆还是"棋牌室",对我都是极陌生的事情,我不懂得这些事情的本质,所以也不懂得如何经营,更不要说把它经营得更好了。我把全部的心思都放在店里面,也觉得不够用,那些琐碎的事情,搅和得我睡觉都惦记着,问题也还是一堆一堆的。

　　从前,店里面的支出比收入少很多的,因为买东西这件事情都是由"亲爱的"他们来做的,他们走了,就交给员工了。逐渐地问题也就出现了。一段时间之后,每天的支出竟超出收入,我非常清楚这是为什么,那又有什么办法呢,毕竟这些事情我不能亲自去做,交给员工就是必然的结果。也许人在钱的面前,都是脆弱的吧,连最基本的良知也一退再退,到看不见的角落。加上员工们每天吊儿郎当,趾高气扬的样子,没有一个很好的工作态度。

　　这样一天一天下来,花光了我那点儿积蓄不说,前一天的收入不够第二天的支出,员工们愈演愈烈的行为使我实在没有精力和财力再坚持下去了。到这种境况的时候,我感到无比悲凉,因为这意味着我得放弃这个店了,意味着我输了!在外面纷繁复杂的世界里我输得很惨。到我和员工们吃散伙饭关门的那天,10月21日,我的身上一分钱都没有了,那是我最悲惨的一段日子。厨师拿走了我的手机,说我什么时候发给他工资什么时候还给我,哪里还有什么钱给他们发工资啊。服务员还找来一堆社会小痞子向我示威，那时的我真是狼狈。开始的时候存下来的那点儿钱，都被后来的员工们以给店里买东西的方式拿走了不说，最后还落得个我欠他们的工资！这虚虚实实的荒谬，让我觉得难过，对这个世界感到失望。"亲爱的"他们离开之后，我遇到的人基本都是这样虚伪的。

有一个晚上，一个朋友非拉我去广场散散心，当时我是饿着肚子的，因为没钱买吃的。广场上的人可真多，个个精神饱满的样子，跟着欢快的节拍在跳舞，如此颓丧的大概只有我一个。又饿又冷的我看到路边卖烤红薯的人，心想，他们一定在感受着一份平实而温暖的幸福。忽然特别羡慕他们，忽然想起安徒生和他的童话，也忽然明白他想说明的是什么，凡事种种都不过如此。当我身上没有了一分钱，饿着肚子的时候，觉得这个世间的确很冷，它可以把一颗单纯如火的心渐渐冷却，失去所有的知觉，包括对温度的感知，慢慢地结成冰。

我一个人在店里感受着一份洗尽浮华之后的落寞。那些为它付出的艰辛、汗水，还有所受的委屈，所有的画面犹如电影镜头，在我的眼前一一浮现。一共四个月的开店经历，宛如一场美丽的梦境，梦醒之后的支离破碎和与之相伴的疼痛交织在一起。不得不承认，是现实的残酷把我赶上绝路，我没有赚到一分钱，还赔得很惨，干脆把自己灌到烂醉如泥的地步吧，让感觉疼痛的那根神经变得模糊、麻木，泪水汹涌得像决堤了一样，无法控制。大家精心打造的"旷野"就这样以失败告终了，我用心痛和眼泪给它画上一个凹凸不圆的句号。

这一路的跌跌撞撞，寄存着我的理想和理想的幻灭，我有始有终地体验了头破血流的过程，其中的感受只有自己能懂。就像追逐一场天边的彩虹，走到近处才发现它并不像我们最初看见的和想象的那么美丽，甚至有着颠覆的变化，这或许就是事物的本质吧，是我们提前没有预料到的。

晚霞依旧在天边盛开，和一群向西的归鸟，风吹着树上飘落下来的叶子，肆意地写意着秋天凄凉的景象。深秋的风一阵一阵地吹在我单薄的身上，刺痛着我渐渐失去感觉的心。李晓征画出来的天地、人物、风景，那青山藏在白云间，蝴蝶穿行在花丛中，以及梦想在他的画笔中被诠释的绚烂多彩，还有序地挂在墙上，只是少了平日的温度。店里面就剩下我一个人了，一个人欣赏着它们的美，一份寂寞中透着香气的梦想，想念着夏天，那些笑着忙碌着还流着汗和泪的日子。

"旷野"开业之前，我和李晓征出去采购，流着汗水回来，却因为牙签盒买多了，被"亲爱的"训斥一整天，说我们俩噂瑟、浪费，不懂得节约；李晓征听见一段音乐，特有感触，说不需要大家打扰，他要一个人哭，逗得大家一起笑他的夸张；装修的那些天为了方便每天吃饺子，最后吃得大家听到饺子，共同的反应都是：啊，不要说饺子！因为楼上的那些人找麻烦，影响着我的心情，大家为了逗我开心夸张地搞笑，做着很丑的鬼脸；以及我们穿着同样的服装互相牵着手走在街上，引来擦身而过的人频频回头看……诸多的片段，印在那个夏天，几乎都是我生命中最珍贵的画面。世事无常，转眼就物是人非了，多么美好的时光啊，真希望还能像从前微笑得那么清澈，那么甜美。

那个坚持过的梦想就像我不小心松开了手的氢气球，眼看着它越飞越高，越飞越远，从这个地球上消失不见。最后的一点温暖就是对记忆里那些人的纪念了，包括恋爱呀，又包括这次开店呀，如果都算是失败的，那我一定不能流泪，也一定不会责怪谁，怨谁。

10月27日的那天，深深的阴天，阴暗的光线烘托着悲伤的气氛。每年的生日都是这样，要么下着一年的最后一场雨，要么就是这样阴沉沉的天气，是否从某种角度说明着关于命运呢，我无从考证，把一切的想法都归零。

我一个人在店里触摸到周围冰凉的边边角角，说好了不为任何一种失望掉眼泪的，终于还是难以控制地哭了。冰凉的屋子里没有谁来！下意识地想起初恋的那个人，他对我承诺过一千遍的语言，那天想来都失去了所有的意义。这不能怪罪他，怨只怨我太容易把戏言当作誓言来听，欺骗自己。世间种种有多少是真实到可以触摸的呢？就算真实到可以触摸，又有多少是有温度的呢？在虚虚实实的人海中，必须明白一个道理：那就是世间种种终必成空！

离取暖期的日子还差几天，所以屋子里很冷，呼出的气息是一团白雾，弥散在冰冷的空气中，让疼痛更疼痛。音响里流出来的是让人想哭的旋律，很想换个曲子听，可是换来换去也换不掉难过的心情。我已经不能清楚地分辨这难过是来自对爱情的落空，还是来自"旷野"的失败，它们混合在一起，都让我心痛。

生日的那天，爸爸到店里来看我，看见爸爸，我再也抑制不住自己的泪水，任由它流出来，爸爸也哭了："……你病了？有药吃吗？"

我点头:"……有。"

爸爸说:"你回家吧,这里太冷了。"

我依旧点着头:"嗯。"

爸爸说:"你晚上就回去吧,啊!"

我点头答应着他。

爸爸流着泪离开店里。

后来听妈妈说,爸爸那天从店里回到家放声大哭,妈妈说从没见爸爸那样伤心,爷爷去世的时候他都没有那么哭过,说看见我一个人在空荡荡的店里,病着,样子很惨,特别可怜……

这些话从妈妈嘴中说出来的一刹,原本不能肯定的父亲的爱一瞬间在头脑中高大起来。爸爸不是不关心我,而是不会轻易表现,也不善于表达。我觉得我们之间的距离实际上并不是很远,只是隔了那么一层任谁也不愿捅破的纸。

忽然想起生命中一同走在路上的那些朋友,好久没有彼此问候了,他们都别来无恙吗?打个电话给"亲爱的",告诉他"旷野"夭折在我的手中了。

他在电话里说:"你病了吗?"

我说:"嗯,没事,只是感冒。"

他又问:"吃药了吗?"

我回答他:"嗯,吃过了。"

从来他都是那么地细致,对所有的朋友。他还问:"哭了吧?"

我惊讶:"是你听出来的?"

他笑:"不是,是想的,我还不知道你吗?没关系,'旷野'

不能说明什么,你在我们的心里是非常坚强的。当初晓征说到'有一个女孩'时,我就决定做你一辈子的朋友了。在你的身边的确能感觉到不同的东西,你有时坚强到让人感动。我们都能感受到你的光芒,你的精彩,这就是为什么大家都喜欢帮助你的原因。如果你不爱哭,就更好了。"

我拿着听筒笑了。

他接着说:"不要老想失败啊,这些消极的词儿,这算什么失败啊,以后还有机会呢,大家还会在一起的,高兴点儿,嗯?我们快放寒假了,会去找你的。记得按时吃药,啊!"

他的话像一股暖流从我的心里流过去。

李晓征说:"别难过,就当是一次磨炼心灵的尝试吧,生命中有很多的东西需要品味呢,只有这样才能成就丰富成熟的我们,对吗?"

"最爱的"说:"最爱的,我给你攒了好多的电话卡了,你高兴吗?快盼我回去吧。"

"亲热的"说:"我想你了,回家弹吉他给你听,就弹那首你最喜欢的《两只老虎》。好久没被你打了,回去好好气气你!"

白云说:"别难过,听听我们最爱的那首歌《忘忧草》吧。"

听着他们的话,在我冰冷的生日里,得到一种温暖的慰藉。然后我想起花儿乐队,这支曾经给过我们很多回忆的乐队,依稀飘荡在耳边,潮起潮落之后,那些欢乐的时光清晰得如同昨天,我的笑容依然温暖纯真,一如当初。是谁让我哭泣,又给我惊喜,让我们就这样相爱相遇,互相温暖,一路走下去吧。

最悲惨和最困难的时候,亲情、友情温暖着我疼痛的心灵。

"旷野"对我虽然重要，它的每一个细节，每一个边角，都渗透着我的理想和汗水。尽管这个理想没有得到圆满的结果，我和它也是有着血肉相连的感情，放弃它，对我就像灵魂与肉体的剥离一样疼痛，但我别无选择。世间事，谁能预测呢？

只能以一种安静平和的心情，等待着有谁像我一样，心中有爱地把它接过去，能够很好地继续发挥它的价值，这是我对"旷野"的心愿，也是唯一能做的。

我对每一个有意接手"旷野"的人说："旷野"倾注着我的心血和全部的爱，希望你们能像我一样爱护它，也希望它能在你们的手中红火起来。那些人看过之后，说得最多的一句话是："你整得真不错，就是这地势差点儿。"

最后我把"旷野"交给一个陌生人，因为一份晚餐让我感动的人。我其实是一个非常容易被感动的人，很难说这是好还是不好，也许要根据环境和人物的本质决定。在外面，复杂的社会上，我没有辨别是非黑白的能力。

最艰难最冷的时候，一个善意的眼神也能让我感动一辈子，从不去想眼神背后的东西，这是我骨子深处的本质，也是容易吃亏上当的弊端。

当那个陌生人走来的时候，我错把他当成善良的人和他签订了合同，原因只是他给我买过一份晚餐。在当时我正顶着巨大的压力，处于挣扎当中。因为"旷野"花光了爸妈给我的钱，也花光了我借来的一些钱，结果失败，再加上半年多淡淡如花香的一份盼望的落空，以及债务等，让我感到绝望。他对我的一个善良之举，我以为他很善良，所以把"旷野"交给了他。

签订的合同上"旷野"的作价是一万三千元钱,他先给五千元,说剩下的过几天再给。到了他所谓的"几天"之后,他又把合同改成一万块钱了,剩下的八千改成五千也是两个多月以后经过我的家人多次出面才给的。这个表面善良的人最后向我揭示了这个世界那复杂、虚伪、欺骗的本质。对这个美丽而繁华的世界,我非常茫然,不知道还能相信谁!

"旷野"这个名字也彻底成为记忆只在我的心中存在了,那个"善良"的陌生人,把一切都改变了。我们精心打造的"旷野"变成了街头随处可见的小吃一样的店,我甚至不能说服自己再走上那条街,实在没有勇气看见它面目全非的模样,那斑驳的痕迹让我心碎。当一切幻化成历史,曾经寄予着我的理想和希望的"旷野"依旧是我最切肤彻骨的感伤。

怀着一份宛如落幕的心情,细数着那些走向外面的世界遇见过的人和发生过的一切,犹如一场戏,悲欢聚散,生旦净末丑,脸谱化的世间事,让不经世事的我无法换算是真诚多于虚伪,还是利益大于良善。当一切不再重要,一切成为习惯的时候,天空依旧蔚蓝。

也许是生存的需要,或者是理想的呼唤,我走进外面的世界又退出外面的世界,所有的情节仔细回想都是一种体验。通过对外面世界的体验,经过的那些事,感动过的情节,生命中的朋友以及想念的远方,流过的眼泪和遍体鳞伤,所有的体验都不是偶然,所以别说痛苦、消沉,就算暴风雨、地震、海啸,也必然会有消失的那一天,让我合起双手,祈祷自己的下一步会是天堂。

在那年的深冬,第一场雪花飘来的时候,我对人世间的

"真、善、美"有了自己更深刻的理解,就像亘古不变的流传的信念。

我的"旷野"终究还是成了我心中真正的旷野了。

⑩ 内心的维系

内心的维系

我不是那种传统意义上的乖女孩，骨子深处有着某些叛逆的成分，这也许是自己和别人的不同，内心荡漾着一种与生俱来的类似秋水般深刻的孤独；或者是没上过学，没有感受过师生啊同学啊这样热闹的集体生活中清淡却深入骨髓的友谊；再或许是很少和人沟通，以至于不太会用语言表达一份纯粹的真诚。等等诸多原因吧，是我无法具体说清楚的，是这样一种环境打磨出我这样一个心地善良、面带微笑坐在轮椅上的女孩。

那些念念不忘的童年、刻骨铭心的爱情、和孤单荒凉的独处时刻，致使我的眼睛丰富而忧伤。一场哭泣之后的坚强和阳光一同照耀着生命，一起期待着面对未来苍白而光鲜的日子。那被阳光强调的明快线条，赋予了生活某种更快乐和生动的形式，遥远而透彻。

我没有理由悲观，又不知道凭什么乐观，所以拼命寻找快乐的同时，反而陷入了更深的落寞。在最寂寞和不得不流泪的晚上，用最虚弱的声音强迫自己：坚持一秒钟，勇往直前！忽然发现一路坚持，一路前行，就到了现在。

非常喜欢山野里散发着淡淡香气的小花，它可以盛开得不太张扬，用自己最真的颜色和清香在自然的风景中诠释着优美的一生。如果真有来世，我愿意是其中的一朵，简单而优美地成为自然中的一部分，哪怕生命短暂。

总想穿着漂亮的衣裳，用外表的美遮掩内心的痛，接受生命的历练。过去的欢乐与悲伤沉淀下来，每一个细节在心底，开满鲜艳的花朵，是我曾经渴望的一种美。

难过的时候，摘下花瓣，一日三次，每次两瓣，同时间一起服下，是疗伤的最好良药。那些缠绕的枝蔓，零碎的情节，纷扰的是非对错，一个整体比一个细节更加让人无所适从。对于从四面八方包围着人生的那些复杂而不能解决的问题，我们束手的同时，态度只能坦然地接受。当所有的画面定格在那里，花儿枯萎的时候，飘摇的一生，坚强地接受着尘世间的风吹雨打，再看那满山遍野还会觉得孤单吗？

一直有做母亲的愿望，甜蜜又沉重的负担。看着一个小小的生命开始展开，不知道是什么样的心情，应该会是幸福的。曾经留意过走在街上大腹便便的孕妇，她们的表情非常美丽、生动，就像正在盛开的鲜花那样灿烂。一个女人一生中最美丽的时光,大概就是孕育另一个新生命的时候,看着她们才理解什么是幸福,理解生命的意义。

买来一个精致的记事本,在上面写一些特别的日记,写给我未来的孩子。告诉她:我是如何期待着她,迫不及待地想把快乐分给她。逛街的时候看见好玩的积木啊、一些开动脑筋练习动手能力的玩具我会毫不犹豫地买下来,等着她来,和她一起做游戏,一起搭建属于我们的美丽家园。教她胸怀像大海,才会有发自生命本真的快乐。我会做她最好的朋友,理解她的快乐与悲伤以及可爱的梦想……许多年之后,把这本日记拿给她,她未必能够懂,但至少有一点是对的,我珍惜这一切,并期待着这美好的愿望实现的那一天。

有过这样美丽的想法之后,开始对日常生活的每天充满感谢,懂得感恩。不再埋怨为什么来到这个世上,想过有一天离开的时候会不会有人记得我,开始考虑为什么活着,这个阴晦的日子过于冗长。如果发生过的事情算是一种考验,那么所有的感觉就是没有感觉,眼泪一流出来就已经结成了冰。

我相信彼岸有风景,相信可以从这里过渡到那里,这个循环的过程,走到最后是个圆圈。当终点和起点连接的时候,生命总免不了最初的一阵痛。我的理想生活 ——是每天醒来透过阳台的玻璃,看看天空,能够与自己对话。

喜欢咖啡的味道,像我低调而朴素的生活,也爱收集CD、书籍和回忆。回忆那一路的跌跌撞撞,有欢笑、悲伤与跌倒,那与之相伴的创痛,越是想遗忘,越是在生长,在心底的某个角落那么明亮，又是那么冰凉。

可以不避讳地说，我非常喜欢钱，那是生活中必不可少的东西，所以说喜欢，也没什么好掩饰的，没有它，生命也很难继续。

看过两部张艺谋的电影，一部是《一个都不能少》，另一部是《幸福时光》。其间弥散的无奈都是因为没有钱。若是有钱，女孩的眼睛会重见光明，乡村里的孩子也会有学上。因为没钱，那些愿望都难以实现。故事的情节很心酸，有一种泪水在心底涌流的感觉。梦想，也需要钱的辅助，才能释放出美丽的光彩吧。

当然，钱，固然是重要的，但也不是绝对的。它有时能够净化心灵，有时也会腐蚀心灵，比起世间的真诚与纯粹的情感，它是次要的，但是，生活中遇到必须由钱来解决的问题时，它又是绝对的重要。比如疾病，比如知识和衣食住行，毕竟，生命是完全依靠钱才能够存活下去。所以我们热爱它，拼命地赚取它，是为了求生，也是为了健康、更好地活下去。

我希望自己能够赚钱，能够有钱，哪怕月薪只是三百块钱，我也会快乐而努力地做到最好。也便可以在母亲节的时候，为妈妈送上一束康乃馨，祝愿她节日快乐。可以给她买来一些衣服，换掉她破洞的背心。妈妈的大半生都是如此节俭地度过，没穿过什么像样的衣服。

那天在报纸上看到一个标题"女人八十一枝花"，想到妈妈离八十还很遥远呢，完全是一朵含苞欲放的花朵，想把她装扮得年轻漂亮，是我的心愿。

再积攒一些钱，让妈妈去旅行，她总说想再去那些年轻时候去过的地方看看，多少年之后，有着怎样的变化，还能否找到旧时的模样,依稀的梦想。

如果有钱,我要把喜欢的书籍、电影、音乐都买回来,然后吸取其中的养分,充实着内心,这是我渴望已久的事情。也会买一件心仪好久的布衣和裙子,穿着它去赴我前世的约定,他会微笑着向我走来,我们会手牵着手度过余下的日子,相守到终老吧。

若是还有余下来的钱,我愿意把它送给更需要它的人。例如身患重病的人,或者渴求上学的小孩。我喜欢看见人们的脸上有发自内心的笑容。

奈何我是彻底的穷光蛋,口袋里面没有一分钱,也没有一份能让我一个月赚三百块钱的工作。原因是我坐在轮椅上,没有谁肯接受一个坐在轮椅上的女孩工作,这是意识的进步,还是退化呢?

我对钱的热爱和喜欢,也仅限在这上面而已,并不曾落实在实际的生活中,也不曾真正地拥有过。所以,我是应该悲伤呢,还是应该快乐呢?

我成长到现在,有过三次寻死的经历。其中的两次,是失恋以后。

一次是我用刀片划破手腕上的皮肤,看着黑红色浓重的鲜血流出来,闻着血的味道,有点腥味,伤口被鲜血掩盖,沉没的那一刻,竟觉不出疼来。内心是欢喜的,原来心上的伤比腕上的伤疼多了。我微笑着闭上眼睛,等待着灵魂飞往另外一个世界,只要没有伤害,那便是我最好的选择。

另外的两次是艰难地咽下白色药片。我从小惧怕吃药,也许是从小药吃得太多了吧。但是,为了能够长睡不醒,为了能够离开世间纷扰的规律,伴着杏仁露我吃下一瓶安眠药,依旧是幸福地微笑着闭上了眼睛,以为可以永远地睡下去,我感到一丝欣慰。

但是,每次都是随着一些疼痛,绝望地睁开眼睛,看见医院里寂寞的苍白色,心是彻底的冰凉。

想要离开这个世界之前,我始终在考虑,我为什么会有这样的想法?喜欢死亡?难道仅仅是为了解脱?或者是情感上的重负?拿起刀片和药片的时候,我找到了答案:我意识到,其实对死亡的渴望一直是我的一种向往。我了解这个世界的规则,实在不适合我,因此它在我的眼里完全丧失了美感!我心情愉快,激情满腹地走向另外一个世界,凭直觉感到那是一个优美的所在,应该没有烦恼和忧伤,灵魂飘起来,会有类似飞翔的美感吧。

就这么安静地睡着,在幽静的山岗,开满鲜花的地方,那是我非常渴望的去处,唯美的像梦一样。漫山遍野的绿和色彩斑斓伴随着我,不再孤单,也不会再寂寞,或者受伤,该是多么美好。

只是最终,我没能如愿,那些和死亡息息相关的岁月,像烙印一样,深刻在脑海深处,任凭时间的冲刷,不曾流逝。

留下来的是左手腕上深深的疤痕,一生不能消去,和至今治不回来的胃病,还有不太完美的健康,也是我快乐、明朗的理由。

如果不知道如何活着,也就根本没有资格抱怨生命。

后来,我怀着双倍感恩的心适应着生活,懂得忍耐和坚持,试着忘记死亡对我灵魂的召唤和吸引。只有追忆和独处的时候,才对它纵情呐喊,流连忘返。曾经流过的眼泪和现在流不出的眼泪,都是在教会我怎样生活。我也明白了,如果回头是眼泪,那就转过头来,笑对人生吧!

直到今天,我仍然热爱着死亡,经常在沉睡之前,希望自己,永远不必醒来。

对于未来,我会以什么样的方式结束生命,定义死亡的降临,于我而言已不再充满恐惧。从某种程度上说,我有一种盲目的不畏感,有时倒觉得"让暴风雨来得更猛烈些吧"是我真正想要的殉葬礼。

每个人都有一段悲伤吧,在眼底和心上,或深或浅地铭刻着命运,演绎着人生不同的风景。而我的命运、我的风景、像湖水,沉没在冰层下深深的湖底,看似平静无波,那些痕迹,却是暗潮汹涌,任凭我如何努力,也擦不干当时的泪光。

我最深的感触,是眼看着日子一天一天地流逝,而我却难以给予最基本的知觉,只是麻木地遵循着时钟的规律,走过分分秒秒,忘记如何寻找幸福。我曾经忠于爱情,爱情欺骗了我,也追逐过理想,理想幻灭的刹那,心被彻底地肢解,那横流一地的碎片,无法拾捡,让我流泪、绝望。

有一种近似精灵的舞蹈,我非常喜欢,只是感叹命运的吝啬,连这点权力也没施与过我,哪怕是梦中。最孤独无助的时候,不需要音乐的伴奏,我想象一个人跳舞,在心里的舞台,只属于我自己的舞台,炽白的镁光灯下,起舞,可能会跟不上谁的脚步,是完全自我的独舞。步伐也只遵循自己的,我手脚生动地演绎着优美,忘记现实的残酷,忘记绝路。

那些愿望和信念在中途死去,誓言和承诺也在半路断裂,这是命运,我的命运究竟流泻在谁的手中,这早就不再重要,也不再想得太多。早就习惯了携带忧伤翩翩起舞,在手指、在眉心、在轻柔的舞步里,我接受着不完美中的完美,眼泪经过幻化,会透出一道彩虹。

2005年春节晚会的舞蹈《千手观音》,与我的想象如此契合,原来忧伤是这么动人和具有撼动力。整个舞蹈浸染在一种致密的忧伤中,每个动作都经过了重新诠释,它们加上了舞律之外的美和力度,震撼了亿万观众的心灵。

如此的光怪陆离,纷扰的尘世,我愿意就这样在想象中一个人跳舞。人群里的那种孤独,任谁都不能驱散,只有在唯美而凌乱的舞步中,才能够逐渐释放,让心灵的整个舞台,越来越明亮。圣洁而纯粹地面对接下来依旧凹凸不平的人生之旅。

一个人可以活得很好,也可以活得很不好,可以用想象跳舞,欣赏着最美的舞姿的,可以是眼睛,也可以是心灵。眼看着别人的幸福,可以祝福,也可以嫉妒,可以笑,也可以哭,这一切全凭你的胸怀和气度。

伸出一个手指,在空中,学会手写我心吧,这样或许会有临近的温暖将我包围。那些深爱的破损,过往的时日,栩栩如生,像舞台上倾情表演的那种淋漓酣畅,永远不想谢幕,即便躲在坠下来的帷幕里,也会黯然神伤。我一个人跳舞,从清晨到日落!我虚无的双腿不知疲倦。

我常说的一句话"我生命中的每一刻,都是一种假设"。要识破人生,又要热爱人生,谈何容易,阳光落在花瓣上也会投下阴影,何况质朴的生活和漫漫的人生。

我说,我是空的,过去的欢乐与悲伤埋在心底,生长出一种花朵，弥散着淡淡的芬芳，沁入心田，叫作水仙。

原本不想过多地留恋历史，这本身就是打破常规，又总想活得那么浪漫。但我生命中的任何阶段都是平淡地度过，没有多少精彩的片段可供欣赏，想想就是几张照片的记载吧，那些画面记录着最初一起吃苦的幸福，像花的味道，暗香浮过。

我乐于过着最朴素的生活，安静、平和、与世无争，事实上我一直如此。那一场又一场的爱恨离别，都是别人的热闹，我在其间流下过自己的泪水。

我会在秋天的树木疯狂地掉下叶子，或者偶尔头顶飞逝而过的流星，以及在我生命中绽放过花朵的那些时刻，感到落寞，心会隐隐作痛。我总是这样的善感多愁，所有的一切都会成为我难以抚平的伤痕和无法忘却的纪念。

看着那些为钱所累，为情所困的人，整天挣扎于其中，是一种心痛，而我和他们又有着怎样的区别呢？我也是一个俗世中的俗人，也是需要衣食和情感的血肉之躯，骨子深处也并不超脱，正所谓"天若有情天亦老！"我非常喜欢金庸的几个字："大闹一场，悄然而去。"

薄雾的深处，有钟声传过来，我忽然听到一首歌，和心里的感受如此契合。一瞬间我忽略了周围的一切，是一种感动，浑身的血液和心随之起伏，微微荡漾的感觉，眼泪流下来，张艾嘉的声音像个智者，清醇地在耳边唱《爱的代价》。

还记得年少时的梦吗？

像朵永远不凋零的花，

陪我经过那风吹雨打，

看世事无常，看沧桑变化。
那些为爱所付出的代价，
是永远都难忘的啊，
所有真心的，痴心的话，
涌在我心中，虽然已没有他。

走吧，走吧，人总要学着自己长大，
走吧，走吧，人生难免经历苦痛挣扎。
走吧，走吧，为自己的心找一个家，
也曾伤心流泪，也曾黯然心碎，这是爱的代价。

也许我偶尔还是会想他，
偶尔难免还惦记着他。
就当他是个老朋友啊，
也让我心疼，也让我牵挂。

只是我心中不再有火花，
让往事都随风去吧，
所有真心的，痴心的话，
仍在我心中，虽然已没有他。

我并不知道我是否真正地了解自己，别人是否了解我，渴望了解又怕被人了解，于是这种内心的矛盾主宰着我自认的这一段生命。至于以后就更加地让人胡思乱想，充满期待与企盼，充满未知的恐惧与危险。

11 发表的作品之一

发表的作品之一

作品之别

黄昏,我在阳台上看见一个画面:杨在楼下和她两岁半的女儿玩着拍手的游戏,她们的笑容在夕阳下,像盛开的两朵太阳花,泛着淡黄色的光。那是一个多么完美而幸福的画面啊,我背对着夕阳、背对着她们,那画面太美,我不敢再看。我从内心深处为杨感到快乐。

回到小屋,整理着发表过的一些文字,脑子里的影像,还是那个平和、唯美的画面。杨的女儿,是杨的一生最好的作品。而我的面前,摊开一堆的铅字,却不足以让我有些许的快慰，这是区别，也是人生吧！或者是上天的安排！

《相逢何必曾相识》是变成铅字的第一篇文章，当时只是写在日记本中的一种感觉。朋友们说我的文笔好，看起来令人感动，鼓励我投稿，说试试也行。

那是多少年前的事情了，我和我的朋友们正值青春期的时候，大家都在做着青涩的梦的时代。我想，试就试试吧，所以选了这篇文章，寄给了报社的副刊。一个星期之后，就登出来了，我的朋友们比我自己还高兴呢，看着他们拿着报纸雀跃、珍惜的样子，我非常感动。

相逢何必曾相识

真想回头再看一眼，初相遇的你，你的容颜总是那么欢愉，让我总也忘不去却总也记不起……

今天只能回忆你，却不能再见你，即便见了也不可以如从前那般随意，因为所有的结局都已在无语中悄悄渗入你我心里，所有的泪水也都已在孤独与痛苦中默默为你流尽。此时却不得不感叹：相逢何必曾相识！

很想知道那是怎么样的一个开始，却什么也记不起，在怎样的一个古老的、不再回来的夏日里，莫名地与你相遇，恍惚中记得你笑容的随意……现在一切都已过去，无论我如何的留恋，如何去追索，笑容依旧的你还是如云烟飘散在我的眼前。你自始至终留给我的那份好感却不曾因此而减少过一点一滴。也许现在的你还是原来的你吧，只是我有一颗易碎的心。在我易碎的心里，你微笑的面庞何时才能极淡极淡地隐没在日落后的群岚里？是不是永远印在这一颗再也不能愈合的心上？是不是到我生命的最后一刻？是不是……哦，相逢何必曾相识？！

曾经拥有的你，如今为我留下些什么？既然现在已不可能回到从前，就请你耐心地听我为你唱完你曾经爱过的这一首老歌："如果你的生命注定无法停止追逐，我也只能为你祝福……"

岁月已将那一段日子写成一个很伤感的故事，故事的主角是你是我，我无数次地一读再读，却不得不在那一行行深蓝浅蓝的泪痕里轻轻叹息：相逢何必曾相识！

世间的漂泊中，留下了这么一个心痛的故事。现在故事外面的你还是笑容依旧吧，因为我已将最好的祝福都放在每一个有你的地方了……

真想回头再看一眼，逐渐走出我视线的你，因为我怎么也记不住你欢愉的容颜，却怎么也忘不了你留给我的点点滴滴。真想回头再看一眼……

唉，相逢何必曾相识！

九月二十六日
发表于《承德晚报》周末版

《月亮圆了的时候》是一个不爱学习的朋友，作文的题目，他让我替他写。结果那篇作文得了满分，老师给他一个大大的问号。

后来，因为喜欢这个名字，又写下了这篇纪念性的文字。在生日的那天寄出去了，依旧是一个星期之后，变成铅字。只是不知文字中记载的那个儿时的伙伴，是否知道我在想念她！听说她和我生活在同一个城市,听说她很平凡,但很圆满。

月亮圆了的时候

月亮圆了的时候,我喜欢独自推开一扇窗,任思绪漫无边际地飞。在若明若暗之中想你的面容,想我们一起走过的路和未曾走完的路,怎么会如此漫长、遥远、艰辛;想月亮圆了的时候,你我心灵深处的那一盏灯能否拥有片刻的沉默,在月亮圆了的时候,能否让我们的心不再疲倦?因为月圆的时候,我们可以在月光下轻轻地彼此问候……

月亮圆了的时候,我喜欢独自推开一扇窗,任思绪漫无边际地飞。这时候我不觉得孤寂,只想在宁静的月光下静静地一个人,默默地与月亮同行去探望心中的你,问问心中久违的你是否安好?在月圆的时候你还记得我们一起走过的日子,有月无月我们都曾一起度过每一个夜晚。想起来我们都是胆小的女孩子,你说你怕走没有月亮的夜路,我说我怕没有月亮的晚上,于是我们都怕月亮不圆的时候。月亮圆了我们都很兴奋,像两个长不大的孩子,无语中我们有了共同的期盼,月亮圆了的时候,一起推开一扇窗!有意无意地我们都学会了欣赏月亮。你说如果有分离的日子,就借月亮彼此问候、彼此想念……如今总有月亮圆了的时候,我也总是在这样的时候静静地一个人推开一扇窗,看看月亮是不是带来你的问候。

算来我们不在一起的日子有很久了。别离以后的你我都再没有彼此的消息,不知道现在的你可好。在月圆的时候你有没有收到我的祝福和问候？月亮圆了的时候，你还像从前那般兴奋吗？是不是已经有了足够的勇气走没有月亮也没有伴的夜路？月亮圆了的时候，你知道总有人祝福着你吗？你是否将这份真诚的心意收起。

月亮圆了的时候，我喜欢独自推开一扇窗，在宁静的月光下静静地一个人，想我们曾在若明若暗的夜晚留下一些片片段段的记忆，想如今我们脚下的路怎么会如此漫长、遥远、艰辛，让你让我走得都很辛苦、很累……

推开一扇窗，正是月亮圆了的时候！

深秋，《承德晚报》周末版上发表，当时只把自己的文章剪下来，报纸扔了，所以日期我也不记得了。

《花落无声》这个故事，我用了三天的时间写完。当时，没有人催我，但我却写得很匆忙。在草稿纸上写完最后一个字时，我突然病了，上午住进医院，下午便做了阑尾炎的手术。医生说，若是再晚几个小时，就穿孔了，很危险。

当我躺在病床上，看着窗外的柳树泛着新绿，竟是恍如隔世的感觉。原来一切的忙碌，是冥冥当中的一种安排。

《花落无声》原本是一个真实的故事。一些细节有一种刺穿骨髓的感动。但是，当我写完，再从头到尾地看着那些字句，觉得并不是很到位，也许缺失的是一种体验吧。

花 落 无 声

我有一个快乐的童年，那时我们生活在乡下，我一直喜欢那时的身份：一个纯粹的乡下人！乡下有清新的空气，晴朗的天空和开满山岗的各种颜色的花，还有野百合。我奔跑在其中，仿佛自己也成了其中的一朵，是颜色最淡的那一朵。

整个童年的日子全部是在那里度过的。妈妈说我淘气，像个男孩子，身上穿的衣服也是哥哥穿小的，加上我整天奔跑在田间、树林、上山，再到河里摸鱼，又怎么会不像男孩子呢？可我沉醉在其中，沉醉于妈妈给我的称呼"小淘气"，沉醉于那种纯粹乡间的自由生活，也沉醉在自己的理想当中：要做永远的乡下人。长大了也会拥有一块土地，也像大人那样每天在烈日下汗流如雨。我种庄稼、种蔬菜，我给它们浇水施肥，然后在有月光有蛙鸣的晚上听它们贪婪地大吃，照顾它们入睡。从这样简单的生活里面体会一个乡下人的快乐。这是我童年的理想，也是我现在的理想。准确地说，这样的日子始终都是我的理想。只是在我该上小学的那年春天，我们搬家了，要搬到一个整齐规矩的城市里去。

临别，我第一次体验了痛苦的感觉。我拼命地跑，跑到山坡上大哭一场，之后又把玩过的地方都一一走了一遍，包括自己的理想也又在自己的脑子里过了一遍。我给自己承诺：期待成长之后会有转机吧，那时我会回来再做一个纯粹的乡下人，开始着日出而作日落而息的简单生活。只要有可能，我就会努力的。

进入城市之后，我开始了另一种生活状态，孤僻、内向、听话。爸爸给我找了一个美术老师，课余时间，假期都跟他学画画。我很喜欢画风景、小桥、流水、人家的意境。那很像我的童年，我的老家。老师说我在这方面很有天赋，很有悟性，将来会有所建树的。他哪里知道我的理想是做个乡下人，就是这个理想支撑着我生活在这个冷漠的城市当中的。可我若是说了，他会笑我没出息的。所以每当他这样称赞我的时候，我会回敬他一个微笑，表示我接受了，然后低头画画，实在不敢面对他的眼睛。

在这样简单、忙碌而又寂寞的日子中，我度过了小学、中学所有时光，也成长为一个乐观、文静也有点漂亮的女生。和所有的莘莘学子一样，完成了高考，然后陷入了百无聊赖的期待中。期待自己的分数能到达中央美院的录取分数线。这是老师和父母的希望，并不完全属于我自己。善良的人总是这样，为别人的希望流着自己的汗水，消耗着青春。尽最大的努力去拼搏、尽力，之后沿途走下去。直到自己的理想淹没在时光的背后，让岁月风干。或许在年老的时候，某个时间会突然记起儿时的理想，到那时会不会流下遗憾的眼泪呢？我背着画夹在一片空旷的绿地上走来走去，胡乱想象着，心里酸酸的。

这是一块在这个城市中不容易找到的绿草地，是高二那年春天一次写生时发现的。之后我就经常来这里走一走，或是坐着，或是躺着，或是自说自话，很好的感觉，跟理想的画面很像。这一次我有足够的时间消遣在这里了，很安静的地方，也没有人。我支上画夹，准备画我心里的那片"绿地"。忽然一只如同落花般轻盈的白色蝴蝶飞了过来，我脱下鞋袜赤着脚在草地上追那只蝴蝶，我飞快地跑，飞快地转，阳光也旋转着。我开始笑，想起自己童年时看见一只红蜻蜓，我追呀追的，到后来绊倒了，流血了。此时，仿佛又回到了那个梦一般的时光，那一天也像现在，阳光明媚，那只红蜻蜓一直留在我的记忆里。

当我忙得不可开交时，突然看见远处一个大男生倚在一棵树下不知多久了，脸上带着淡淡的笑容看着我。想象得出自己的狼狈模样都被他看见了。我很尴尬，走到画夹边穿上鞋袜，然后走到那个瘦瘦高高的男生身边，对他说："你为什么会在这里？你知不知道你打扰我了？"这其实是我第一次用这么硬的语气对人讲话。

他依旧带着淡淡的微笑："对不起，我不是故意的。我只是觉得你很……"

"很什么？"

"很阳光。"这个回答令我惊讶，他怎么会用阳光来形容此刻带着野蛮的我呢？哪里有那么好？我无话可说地看着他。

他深一些地笑了："其实……我……长得挺……地球化的。"

我也笑了。的确，他长得很帅。那双眼睛很深，有一点忧郁的东西在里面。

"但是，你像天外来客一样吓到我了。"

他垂下眼睛几秒钟之后又笑着看我："我叫黎庄。黎明的黎，村庄的庄。你呢？"

"秋心。秋天的秋，这个心。"我用手指在空中画个心形，而没有用"愁"字一分为二来解释，那不"阳光"。

"你可以给我画张画吗？"他指着画夹看着我的眼睛问。

"你怎么知道我一定会答应你？"我转过身朝画夹走去，他跟过来，坐在草地上，我对面不远的位置，还是笑笑的，样子很可爱。

"我住在那里，"我顺着他手指的方向望去，在离这片草地很遥远的地方,有一群楼。我怎么晓得他指的是哪一栋哪一家,或许我也住在那里,也说不定呢。城市生活就是这样,就算住对门都不见得认识,人与人之间隔得很远,相互之间很冷漠。

"去年秋天我住进那间房子,那是我姑姑家,我坐在靠窗的角落,能看见这片草地,也经常能看见你的身影出现在这片草地上。"

"你偷窥我?"

"不,我一直在想。是什么样的环境里成长的女孩,才能有你这样的气质,就像一朵太阳花。你背着画夹走来走去单纯的样子,远远地弥散着一种太阳花的味道。温暖有力地装点着我的生活。"他的目光转向远处。"更多的是慰藉了我……我想,如果有机会,我会当面对你说句谢谢。"

我笑了。"现在吗?"

"不是现在。"

"那是什么时候?"

"我得到画的时候。"

"可我完成一张画需要很长时间。"

"没关系,我有时间等。"说这句话的时候,他眼里有一丝更深的忧郁一闪而过。

我拿出小刀和铅笔准备削一削。他接过去替我削起来。

我问:"从你的窗子看我,有多大?"

他用食指和拇指比画出一条缝:"这么大。"

"像蚂蚁那么小?"

"是,蚂蚁那么小。"说着他把铅笔递给我,把小刀放回了文具袋里。

"你才像蚂蚁那么小呢。"

说完,我们一起笑起来。我开始为他画画,画他的轮廓。

"你刚参加完高考吧?"他问我。

"你怎么知道?"

"因为你以前每星期只来两次,从没有像这几天待的时间这么长,最近你已经有一个月没来了。经过这段时间,你第一次出现在这里的那天是10号的上午,那是高考结束的第二天,直到今天,你天天都在这儿。"

"单凭这些判断吗?"

"足够了。"他笑着。

"我怀疑你是福尔摩斯。"

"我哪有那么伟大。是太无聊了,胡乱想的。"

"可你想对了。"

他依旧笑。"当然。"

"你很自信吗?"

"你指哪方面?"

"例如,判断力。"

"也许吧。你不自信吗?蹦蹦跳跳的,不像呀。"

"分对什么,对画画还可以,对你这种准确的判断力,我没有。"画到他的眼睛部分,这是一双好看的眼睛,像家乡的河水一样清澈、深远。我画得很认真,他服务得也很周到,削铅笔、买矿泉水、冰激凌。我们聊着身边跟自己无关的有意思的事情,就像认识很久的老朋友那样,有一种微妙的默契。

那天，我终究没为他画完，只画到一半，就各自回家了。原因是我要去学校看一下自己的分数。专业课已经过关了，文化课还不知道够不够中央美院的分数线呢。十二年的寒窗生活是不是完成得顺理成章，还需最后肯定一下。尽管在这方面我一直是乐观的，还是得落入俗套地特别关注，毕竟，父母和美术老师比我还想知道这个结局，究竟是怎样的。

从我的班主任老师那里得到自己的成绩，远远超过了中央美院的分数线之后，我毫无感觉，这多少也是我意料当中的事情。只是离我心底的理想又远了，远到我无法触摸最初它在我儿时的心里是如何的鲜亮，如何的坚定。我可以用这个成绩坦然面对任何人的目光，但我无法坦然地面对自己的理想：聆听花开的声音，做个实实在在的乡下人。我现在正是朝着它的反方向越走越远。

第二天太阳升起的时候，我背着画夹走在这片草地上，这是和黎庄约好的，我继续为他画那张画。那双有点忧郁的眼睛，虽然我画得很认真，但总觉得不到位，好像缺点什么，又具体不到哪里，所以我准备好好地画一下那双眼睛。支好画夹，我闲闲地坐下来，等候他从那片遥远的楼群里走过来。时间一分一秒地流逝。直到夕阳西去他也没有走过来。第三天，第四天，一个星期过去了，他都没有来。我平生第一次体验了淡淡的落寞。但我相信，他一定会来的。所以我把等候当作快乐来享受，这是我的性格，踏着夕阳回家，有种牧归的感觉。尽管这一天他依旧没有出现在那片草地上，我背着空白的画夹回家也依旧不后悔。

又是一天太阳升起的时候，我照旧支好画夹，闲闲地坐在草地上一边削铅笔一边等候黎庄的到来。这已是第八天了,我在心里这么想着。突然有人把小刀和铅笔从我手里接过去,我抬起头,看见那双泛着一点忧郁的眼睛。

"对不起,我失约了。"

"你去哪儿了?"我问他。

"去医院了。"他不看我,只顾削铅笔。

"医院?你吗?怎么了?"

"哦,没事,输液。"

我看见他手背上瘀血的痕迹和针眼:"没事儿输什么液呀?"

他笑了:"只是一点小病,输输液就好了。接着,给你的。"他扔给我一袋糖,是"金丝猴"的玉米形软糖。

"我又不是小孩子,给我这个干吗?"

"祝贺你考上大学的礼物啊。"

"你怎么知道我考上了,万一分数不够,这礼物岂不白送了?"

"第一次从我的窗子里看见你背着画夹的样子,就知道你很棒。"他把铅笔递过来。

"又是你的判断力吗?"

他只是笑,样子有一些憔悴。

"其实考大学并不是我的理想。"

"那什么才是你的理想?"

"种田,做乡下人。"我递给他一块糖,然后剥一块放在自己的嘴里。

"哦,我知道了,你的气质源自你的理想。"

"哪有什么气质，无非是土气吧。"我们相对笑了。

我向他讲述起自己的童年和家乡的风景以及在乡下生活时所有的快乐情节。告诉他，我如何在山上采野菊花时想听听山的回声，就大喊：哎，山那边有人吗？如果有人真的回答：有……那我就会付出一生的时间寻找他。哪怕只有一天和他在一起的时间，这辈子总算没白来这个世界上。那些话题都是乡村里的故事和只有在乡下才有的快乐感觉。也都是我沉淀在心里最干净的角落里的珍藏。他是我离开家乡之后，在这个城市里唯一的听众，我很愉快地把心底最深处的东西都告诉他，包括理想。他听得也很快乐，并问我有时间可不可以一起回去看一看。我说有时间一定去。他说我的描述就像一幅田园风光，或者像一首田园诗一样美好，让他感动，他一定得去，一定。

一聊到家乡的童年生活，我就会特别高兴，把什么事情都忘记了，所以开始为他画的时候便已近黄昏了。

他拿过我手里的笔说："算了，就这样聊下去吧，明天再画。"

我一脸阳光地面对着他，说："该你了。"

"我？我的理想很简单，就是考上一所在海边的大学，听四年潮涨潮落的声音，之后再到像你的老家那样的村庄工作、生活，度过平凡的一生。"

"不会是受我的影响吧？"我调皮地看他。

"当然不是，是受我姑姑的影响，她小时候是在她的外婆家长大的，她的外婆家就在乡下。我小时候是我姑姑带大的，她总给我讲她小时候好玩的事情。所以，我想，长大了一定到这样的地方去生活。我的名字取自我爸妈的姓。黎明中的村庄肯定是充满生机和希望的。我向往那样一种简单、平淡的生活。"

"那你现在实现了多少?"我两手托着腮看着他。

"一点都没实现。"他熟练地玩弄着铅笔。

"为什么?"

"上学的时候,我一直都是年级的前三名,是父母和老师的骄傲。还有一个月就高考了,有一天下午,我突然晕倒了,从此就再也没回到学校里去,这是上天的安排。"

"为什么?"

"我得的是白血病。"

这话突然让我愣在那儿,不知说什么了。

"如果我现在上着学的话,肯定是你学长级别的,你该叫我学哥。"他用铅笔指指我的鼻子。

我表情木然地看着他。终于明白为什么总画不好那双眼睛了。是我不了解,所以才画不出那淡淡的忧郁。

"现在我应该读大三,下半年就大四了。像你才高考完。"他笑着面对着我解释。

的确,眼前的这个大男生是很年轻的。浑身上下无处不透着一种年轻人的朝气,他应该和我过着一样的生活,但是什么使我们不一样了呢?

"我现在也可以叫你学哥。"

"你现在该叫我大哥哥。"

"凭什么?"我努力让自己的表情自然些。

"凭我比你大呗。"他什么时候把铅笔换成小草来玩弄了,我都没有注意到。

"你怎么知道我一定比你小,也许我比你还大呢,我小学读了十年呢。"

"哦?原来你是个大笨蛋。"

在同一片蓝天下,我们的笑声在午后的空气中飘荡。

那天回家的时候已经是满天星斗了。昏黄的路灯把我的影子拉长又缩短,忽而在眼前,忽而又被甩在身后,但一直紧紧跟随着我。而我的脑子里翻来覆去想着的是迄今为止第一次出现的两个字:命运。上天在赋予世人生命的同时都是怎样安排每个人的命运的?我一时总也想不明白。

晚餐我们是一起吃的,他买了面包、火腿、矿泉水。这是我第一次和一个男生一起吃饭。从小到大,我一直生活在单纯而简单的环境里,从没有要好的异性朋友,黎庄也许是第一个吧。和他在一起我很开心,只是不知命运又是怎样安排我们的。走在回家的路上我拎着那袋他送的玉米形软糖,心里想着这些关于命运的问题。

清晨,我买了新鲜的草莓,黎庄说最喜欢吃,他说如果有那么一天,他要种像那片草地一样多的草莓,请我去吃。他说我们还像现在这样坐在草莓地里,一边聊天,一边画画,一边还有草莓吃,多好。我真的希望有那么一天,无论是在什么时候。

走上那片草地,他已经坐在那儿了,阳光照在他身上,使他整个人看起来显得精神,富有生命力。像一张登在杂志上的足球明星的照片一样。看上去是那么健康的一个画面。

我跑过去,把草莓递给了他:"洗过了的。不用谢,是上天给你的。"

"是吗?"他站起来接过草莓又放在地上,然后张开双臂朝天空大喊:"谢——谢——你。"又指着我说:"不是你哦。"

我忙着支画夹,掏铅笔,一边说:"我从来不自作多情。你怎么会这么早就过来?锻炼身体吗?你看上去够健康的了。"

"谢谢你,这一次是说给你的。好久没有人用'健康'来形容我了。这两个字对我其实很重要,你说的是真的吗?"

"当然是真的,我不说谎。"

他又坐在我对面,吃草莓的样子像个小孩子。他一边吃一边对我说:"我妈妈昨晚打电话给我了,问我想不想她和我爸爸,还有我妹妹,她说他们特别想我,想来接我。"说到这里我看见他的眼里有泪光在闪烁。

"你打算什么时候回去?"我又画他的眼睛。他摇摇头,"我不回去。我要他们适应我走了之后的日子,不然他们会难过的,我不想让他们难过。彼此遗忘就是我们对彼此最好的纪念。"

我的心一阵一阵疼痛,眼睛有些模糊,不能让泪水流出来,至少不能当着他的面。我开始从内心抱怨上天,为什么这么残酷?

"不如这样吧,我们互相准备一下,最近就去乡下吧,怎么样?"我想调动他的心情,让他看见,至少面前还有我呢。我是和他在一起的。尽管看上去我也很瘦弱,可我相信我有力量把他从潮湿的情绪里面拉出来,享受每一天的阳光。不管未来是怎么样的,在一切都还来得及的时候,我所能做的就是同他一起感受快乐,包括悲伤。我们不是一定需要那一场意外,但我要和他一起坚强。这是我在心里决定的。

他的笑容渐渐漾在脸上:"好啊,但是得请示我姑姑。"

我笑着伸出手:"拉钩吧。"他也伸出手钩钩我的手指,我们的手握在一起,互相温暖了。

为他完成那张画的时间已接近中午。这次画的那双眼睛自己觉得还算成功。黎庄拉着我去他姑姑家,说一起去挂起来。我们走出那片草地,又走一段路才到那片楼群。他姑姑是很亲善的一个人,难怪黎庄对她有那么深厚的感情,那么依赖于她。她让我想起小姨,她们好像有很多相似的地方。或许就是脸上那种亲和的表情吧。我忽然有些想念小姨,她还生活在乡下的老家。我已经好久好久没有回去看她了,她过得怎么样,我都不知道。

黎庄拉我走进他的屋子,那是个不太大,但打扫得很干净的房间。书桌上摆着一个晶莹剔透的玻璃花瓶,里面插着一些太阳花,他说那很像我。我对他做了个鬼脸:"有那么漂亮吗?"

他笑着走到靠窗的角落坐下。

花瓶的旁边一个精致的相框里有一张全家福,是黎庄和他的爸爸妈妈。

"你长得像你爸爸。为什么没有你妹妹?"我问。

"那时她还没出生呢。"他回答。

"那她比你小很多吗?"

他点点头,"她现在才一岁半。是为了给我换骨髓才生的她。她叫黎灿,为给村庄带来灿烂阳光,才来到这个世界上的。她现在学会叫爸、妈、哥了。每次听到她叫哥哥的时候心里都很痛……"他背过身去,一瞬间,我感到深深的悲伤弥漫整个身心,弥漫我的双眼,我走到他的身边,递一张纸巾给他。

"也很好,至少有人接替我陪伴我父母了,这样我会比较放心。"他的语气并不显得悲伤了,眼里有泪水流下来,哭是另一种坚强吧。

他拉我坐在他身边,我看见那片远远的草地,我们曾在那里相遇、相识。心痛的感觉也是从相识的那一瞬间就开始了的。我心甘情愿地与他并肩一起承载命运。以后的日子不管怎么样,我都要和他选择同样的一条路。互相支撑着走下去。这个决定和上天无关。

在他的窗台边有四个漂亮的字,写着:享受痛苦。我又添上几个字:并享受快乐。我拉起他的手说:"一起努力吧。"他点头。阳光从窗外照进来,温暖的阳光投向他的屋子。我们开始挂那张素描,把他年轻的面容挂在那面墙上,真的很好看。

接下来的那一段时间他越来越频繁地出入医院接受化疗。我们的乡村之旅也暂时放下了。他的身体也越来越消瘦。头发也越来越少,身上弥散着越来越浓的药水味道。我一直和他在一起,偶尔出去散步,或是黄昏,或是阳光正好。那些在一起的日子是最美的。我告诉他花开的声音最好听,他神情专注地问我:"花落的声音是不是凄凉的?"我无语:花落没有声音。

黎庄最糟的那段日子,我收到中央美院的录取通知书,上面说八月底到学校报到。距那个日子还有一个星期的时间,我和他姑姑深谈了一次,她说黎庄因为拒绝用妹妹的骨髓,所以已经到了晚期,一切都来不及了。医生在两个多月之前就说他还能活三个月,现在也没有多少日子了……不知道自己是怎样和他姑姑道别的,记得最清楚的是当时的心里充满泪水,足以将我的心淹死。

我独自在那片草地上坐了很久,之后回家给美院写一封信,大概内容是:半年之后再去学校报到。我必须这么做。因为认识黎庄不久我就在内心决定了的,要和他走上同一条路。

黄昏,开始飘起了雨,我没带任何雨具走在雨中,那是去医院的路上。黎庄已经住进医院好长时间了,晚上他的姑姑照顾,白天我和他在一起,依旧是最好的感觉。他讲了很多的故事给我听,那其中也包括他自己的过去。他说那时候天总是很蓝,日子也过得太慢。现在,怕时间不够,怕一切都来不及,天空似乎也黯淡了许多。

"秋心,外面下雨了吗?你怎么也不带伞?看看,衣服都湿了。"他忙着拿过毛巾替我擦头发上的雨水。

"没关系,一想到要来看你,什么都忘记了。"我笑着说。把装在塑料袋里的草莓递给他。这也许是今年最后的一些草莓了,很难找到。

他接过去说:"我那么有魅力吗?"

"当然,你比刘德华还有魅力呢。上学的时候是不是有很多暗恋你的小女生?"我用很坏的表情看他。

他吃着草莓想了想,回答我:"没有。但我的确暗恋过一个女生。"他的眼里满是伤感。

听了他的话我心里酸酸的。是什么样的女生让他的眼里充满伤感呢?

"秋心,你的录取通知书早来了吧?我们家就住在你要去上学的那个城市里。"

在来时的路上我把那封信寄了。"是吗？这可能就是禅语中说的缘。"

"你什么时候去上学？"

"你出院的时候。你带我一起去吧，可以当我的导游。"

他把一颗大草莓递给我，很认真地说："秋心，如果我死了，你要好好地活着。"

"你不会死的。我们还有很多事情没有做呢。你不可以失约，我们是拉过钩的。你忘了吗？"说这些话的时候，我泪如雨下。

"你听我说，如果你不遇见我，你肯定会好好地活着。遇见我了，你更得好好活下去，懂吗？"

我转过身背对着他泣不成声。这是我们第一次正面提到彼此都心照不宣，而我一直感到恐慌的关于他的死亡的话题。我的内心其实是很脆弱的，真的经不住这个打击，我会垮掉。

他从背后紧紧地拥抱了我，这是第一次和他这么近距离地接触。我感受到他的体温和他的无助："不要哭，你从来都是给我带来阳光，带来快乐感觉的人。我喜欢你蹦蹦跳跳的样子。那片草地把你衬托得像个快乐的精灵。我相信，这是上天给我的恩赐。我想：我就是你童年时候山那边的那个人，你大声问：哎，山那边有人吗？回答你'有'的那个人就是我。现在我们终于越过万水千山在一起了，又怎么不快乐呢。只是我的结局无论怎样，都是注定的。我好像还欠你一句话呢。"他在我耳边轻轻地说着。

"什么话？"我的两只手都在抹眼泪。

"谢谢你，如果结局不是这样的，我要娶你。"

"你暗恋的那个女生怎么办？"

"她？不用理她，她太刁蛮了，不讲道理。"他松开我，为我擦眼泪。

"那你为什么还暗恋她？"

"这是我的个性。"他拉我坐下一起吃草莓。

其实不管结局是什么样子的，我们已是同路了，任谁都分不开。

当他再次问我关于上学的事情的时候，已经是金秋十月了。他的身体虚弱得不能有太多的活动量。他父母也来了，说要带他回北京治疗，他坚持不肯，说最后的日子要和姑姑一起度过。对于黎庄来说，姑姑的身边也许是离天堂最近的地方吧。

我依旧每天陪伴着他，听他讲一些凄美结局的动人故事。尽管这么做，我得承受来自我父母给我的压力。但只要和他在一起，我不在乎春夏秋冬，花开花落，这都不算什么。我仍然会觉得很幸福，会带着微笑出现在他的面前。一切只因黎庄还和我生活在同一个世界上，这样的日子真的已经不多了。

"秋心，你怎么不去上学？"他躺在病床上，吊着点滴问我。

"干吗？不是说过了嘛，等你出院做我的导游。我没出过那么远的门，又长得这么漂亮，让人拐卖了怎么办？你要快点好起来。"我坐在他的病床边，握着他的另一只手说。

"现在是什么季节了？"他问我。

"秋天。又美丽又丰收的季节。你想吃什么？"

"你漏掉了一点，还是花落的季节，我不想吃什么。我们好久没有一起去散步了,医院的窗外没有风景,太寂寞了。输完液你陪我出去走走吧。好吗?"

"好。"我用力点点头,用力握着他的手。

"秋心,你瘦了好多。"

"你也是。你出院以后我们一起增肥吧。"

他点点头:"秋心,你想过来生吗?"

"想过。"我想哭。

"来生我想做一棵树,一棵生长在乡下人家院落里的树,简单地成为自然的一部分。我想站成一道美丽的风景,装饰着那个寂寞的窗口。"一滴泪滑过他的脸颊。"你想做什么?"他的眼睛看着我。

我为他擦去泪水,"你猜猜。"又为他削苹果。

小时候搬家,我跑到每一个玩过的地方,一一道别的时候,在那片树林里,我决定下辈子也做一棵树,它长在哪里就一辈子站在哪里,真幸福。不像人,有双脚,满世界走来走去,很没意思。

"嗯,你要做太阳花,对不对?"

"为什么?"

"你有太阳花的品质呀。我喜欢太阳花。如果真有来生,你真是太阳花的话,那也一定长在我的身边啊。第一,我想听听花开花落的声音有没有区别。第二,我没有脚,不能千山万水地找你去。"

我笑了。把苹果切成小块给他吃。

"你快去上学吧,做个乖孩子。下雪的时候我等你回来,一起去那片草地堆个大雪人。"

"我没考上。"我不看他的眼睛,这是谎言,他会洞穿的。

那天我和黎庄终究没能出去散步,他输完液时已经很晚了,也没有得到医生和他家人的允许。

"秋心,这么晚你一个人回家怕吗?"

"有一点怕,所以呀,你要尽快好起来哦,陪我一起走,我就不会怕了。"

他用力地点头:"让我抱抱你,行吗?"

说完这话的时候他已经拥抱我了:"我不想死。"

"你不会死。"

"你记得要好好生活,记得要常来看我,我不畏惧冰冷的黄土,但是我怕寂寞,下辈子再让我好好爱你,好好保护你吧。"

"不,就这辈子。这辈子必须完成你的承诺。"我哭了。

"别哭,我真幸福!遇见这世上最好的女孩,最美的一朵太阳花。我很知足,真的。告诉我,明天,你明天要做什么?"

"陪你。"

"谢谢你。"

离开病房的时候真的很晚了。独自走在萧疏的街道上,心里空落落的。今天的感觉真的不同,冥冥之中,彼此都难以割舍。我不能让思维往最坏的方面去想,脆弱的心无法承受这个不幸。

可是,该来的依旧不会怜悯我的脆弱而放慢他的步伐,期待我坚强起来,有了承受能力迟来一步的。当我再推开病房的门时,病床上的黎庄被许多医疗器械的管子插着,脸上戴着氧气罩,眼睛闭着,处于昏迷状态。医生说他比预期多活了一个多月,已经算是奇迹了。看见他那个样子,我几乎是跌跌撞撞地走到他的床边坐下。之所以没有倒下去,是因为我相信,他会醒来的,至少他会再看我一眼的。带着这种信念,我等候在他的身边。视线一刻也不离开他。泪水一次又一次地模糊着我的双眼。

我轻轻地不停地给他讲述,乡下的秋天一点也不凄凉,那些乡下人都投入到丰收的喜悦当中了。那是很快乐的情景。就连呼呼吹过的风都是为他们道贺的,祝贺他们又是一个丰收年。

我们也一定会有那么一天的,手牵着手去收割我们一起种下的所有果实。其中也有太阳花和草莓,我们要用这些果实和花朵把木屋装点成世上最美的房间,之后我们再一起慢慢变老。就像一首歌里唱的那样:直到我们老得哪儿也去不了,你还依然把我当成手心里的宝。

他很安静,脸上没有痛苦的表情,我对他说的话,相信他都听到了。

黎庄后来醒了,他的眼睛一直注视着我,流露着眷恋。我擦去他眼角的泪水,告诉他:"一切都会好起来的。"他点头,用没插管子的手在空中画出:来生做什么?我在他耳边说:"你身边的一棵树,小时候就决定了的。"

他笑了笑,闭上了眼睛。

黎庄真正离开这个世界的时候,是那天的深夜,当时我没有在场。晚上他的姑姑硬是把我撵走的。她说我若垮掉,黎庄会很难过的,对他的病情也会有影响。我特别不情愿地回家了,在自己的小屋里走来走去,期待着黎明。当我看见东方泛白了,就用最快的速度赶到医院里去,但是,还是太迟了,病床上空荡荡的。我终于支撑不住了，顺着墙角滑倒在地上。眼泪像决堤的海水一样喷涌而出。如果痛哭，可以扭转结局，那么我愿意流尽全部的泪水挽回他瘦弱的生命，但最终都没用。我最终也没能减缓他向远方飘去的速度。我无助而绝望地瘫在地上，再也支撑不起虚弱的心情，面对这个不幸的事实。

在由混沌的梦中醒来的时候，发现自己躺在医院的病床上，妈妈说我沉睡了五天。五天？黎庄在另一个世界里了吧？那我该怎么办？我要怎么才能离黎庄近一些？我的心已经是满地碎片，短暂的生命，匆匆的缘分，难道竟像渡船上的旅伴？照耀着彼此极其脆弱的生命。

是午夜的风吹散了你的呼吸，吹散了你一无所求的温和的目光。就这样再也见不着了吗？是不是我无论向谁打听都不会再有你的消息？从此，我们就是隔着两个世界的孤独的灵魂，注定要孤孤单单地在两个世界上飘来荡去吗？

在时间的那边，在冰山的背后，我总能听到你的叹息，汹涌的爱和牵挂漫过了规定的界限一声声呼唤我，我多么想回答，可每当我开口就语不成句。

我如何坚持今后的日子才算听你的话，心里对此已经没有清晰的概念。"好好地生活。"这是你最后留给我的一句话，我深深铭刻在心里。可是，在这个没有你的世界上，我怎样继续，才能"好好地活下去"，连自己也没有主张。

也许，此刻我唯一该做的，就是伸出手去拾捡满地的心灵碎片，把它们一片一片地捡起来，拼凑在一起。不管拼成什么模样，或者还会不会拼成心形，都不重要了，关键是我会听你的，无论怎样,都活下去,活到一个人的地老天荒。

我把以上这些话写在印有太阳花的信纸上,烧掉了。他在遥远的天堂一定会收到吧?

曾经看过一本书,上面说:命运,是大地,走到哪里,你都在命运中,整个都是。

经过黎庄的离去,我信了。的确是这样,我和黎庄的命运,都是早已注定的,不如微笑着认了吧。这跟我们无关,是上帝的问题,无论什么时候,人都不能强过自己的命运。

我晃晃悠悠地开始了混日子的生活状态,像个没有灵魂的躯壳,游走在那片枯黄的草地和自己的小屋之间。整日里叹息着,他的人生如此短促,甚至来不及做一件简单的事。

我第一次感受到秋天的底蕴,是凄凉。花开的声音是最美的声音。花落是无声的,只剩下我自己的回响,目睹这一片片凋落的花瓣和枯草衰败的情景,怎能不让人伤心地落泪呢?

很长时间我的精神都没有光辉,极其惨淡地一天一天过。黎庄的姑姑辗转找到了我,交给我一个小盒子和一封信,说是在整理黎庄的遗物时看见的,应该交给我。并劝我说:不要这样颓,这样萎靡不振地生活,如果黎庄在天有灵,他会难过地流眼泪的……还叮咛我,有心情就去她家里坐坐,她会随时等着我。

我打开信:

……那些秋天、冬天和春天,所有寂寞的日子,都是窗外那个背着画夹的女孩,或者坐在草地上,或者躺在那里的样子,给我一片美丽的动态风景安慰着我,有一天我会对她说谢谢的。

那样一个有阳光的日子,我走向那个不经意走进我生活的女孩。记得她梳着两根小辫子，笑笑地，可爱的样子，真像儿时的梦中的一种植物，名字叫太阳花。

我看着她在洒满阳光的绿草地上追一只白色的小蝴蝶，我看着她在风中飘扬的黑发，我看着她如孩子般的笑靥，我还看她赤着脚在草地上奔腾跳跃，像个精灵。

那个女孩、那个如此不经意地走进我的生活的女孩、那个希望做一个乡下人的女孩、那个第一次对我讲话有点凶巴巴的女孩、那个向我强调着花开的声音里应该只有一个人的回响的女孩！是那么美丽天真，我是多么希望能够给她一个美好的生活和真挚的爱情啊。可是上天不允许，就算我是她童年时山那边的那个人，是她一直寻找，一直期待的人，也无可奈何。这是我人生的不圆满，是我的遗憾啊。

我只有双手合十虔诚地为她祈祷：祝愿她拥有一个完整而美丽的人生……

再打开那个精美的小方盒子，里面静静躺着一对蓝色的蝴蝶结。我忽然想起一首歌谣："晚霞中的红蜻蜓，你在哪里哟。童年时遇见你，那是哪一天？"

合上这一切，包括对黎庄的记忆，我开始走入黎明和以后所有的阳光。黎庄给我充上的能量够我享用一生了。只要一想到黎庄，就会觉得自己是个幸福的人，因为有他祝愿的光环照耀着我，使我没有理由不快乐地活下去，这是他在那个世界最希望看到的。

拉开抽屉，那袋玉米形软糖还安静地放在里面，是黎庄送给我考上大学的礼物。我剥开一块放进嘴里，甜甜的。以我这般年纪是无法谈论人生的,权当是这糖的味道吧,甜甜的,软软的。我带上这些糖和美院的录取通知书去黎庄的家所在的城市——北京,在熙攘嘈杂的街道和拥挤的人群中开始了我的大学生活。

不会改变的是我依旧会在每个周末回来,在黎庄的墓地坐一天。跟他交流的方式是我说很多话,他听。假期我也去看望他的姑姑,她把黎庄的房间打扫得很干净,一切都和他生前一样,墙上的那张素描还在,安安静静地,好像他只是出去一会儿,过一会儿就回来的样子。我在他屋子里那个靠窗的角落坐下,每一次窗外的那片草地都是空荡荡的。

大学期间我是在一片荣耀与喝彩中走走停停的。我的一幅名为《青春》的油画在国际上获了奖,看过的人都很感动。几个外国人出很高价钱要买这幅画,我拒绝了。因为画中的年轻人是以黎庄为原型以及我眼中的青春,是怎样的充满希望和激情。其中有着淡淡的哀愁,丝丝缕缕,挥之不去。

最坏的经历经过了,所以当不幸再来的时候,我几乎没什么感觉,唯一清楚的就是活下去。一场车祸夺去我所有的正常生活,包括画画,包括简单的生活起居。那是我大学三年级的一个阳光明媚的春天的午后,我被迎面而来的一辆卡车撞倒了,再也没有站起来。那个瞬间我似乎是和黎庄牵着手挺过来的。醒来的时候,我们依旧是隔着一个世界的距离。

现在我只有坐在轮椅上生活,画画对我像是前生的事情,很遥远。很多眼睛看得到手却无能为力的,最简单的事情成了我生活的全部。也成了我的重重心事。我必须重新开始适应另一种完全陌生的生活方式。许多事情不麻烦别人就做不到,而这些事情对于一个正常人只是举手之劳，或者根本不值得一提。活着，对于我来说的确成了一件极其艰难的事情。尽管到了这般境况，人生旅程越来越孤单，我还依旧微笑地活着。那是因为黎庄在给我生活的方向。只是我不能如约地常去看他了。他曾说过：他怕寂寞。

我也正在感受着寂寞，在我的窗外，只有一栋破旧的灰兮兮的老楼，没有"动态的风景，"只有一窗的寂寞。

不知为何我喜欢上了冬天，那些雪的感觉，都好极了。雪花落下去又升起来，是最美的图画。我看着窗外的大雪想起家乡的新年和黎庄说的"大雪人！"心里充满想象，很温暖、很美好地填补着我苍白的日子。

  那天 黄昏   开始飘起了白雪
  忧伤 开满山岗 等青春散场
  午夜的电影   写满古老的恋情
  在黑暗中   为年轻歌唱

  走吧 女孩   去看红色的朝霞
  带上 我的恋歌 你迎风吟唱
  露水挂在发梢   结满透明的惆怅
  是我一生最初的迷惘

  当岁月和美丽   已成风尘中的叹息
  你感伤的眼里   有旧时泪滴
  相信爱的年纪   没能唱给你的歌曲

让我一生中常常追忆

这是老狼清清淡淡地唱着《恋恋风尘》。

音响总是打开的,我喜欢让音乐飘满整个屋子的感觉,好像黎庄和我在一起。

12 发表的作品之二

发表的作品之二

好好生活

在决定写日记之前的时间里,我是在和我的鱼进行着心灵的对话。看它的嘴一张一张地,吐出许多的泡泡,漂在水面上,像是它的语言,全部流进我的心里。

我和我的鱼交流的方式,是眼神之间的。在和它交流的过程里,我觉得自己逐渐纯粹了,比和人的交流纯粹许多,没有是非,也不存在飞短流长,是淡淡的温暖,发自内心深处的感觉。

我放着舒缓的音乐,它好像很喜欢,优雅地在那个有限的空间里摇动着它美丽的大尾巴,游来荡去。在我看来,像是翩翩起舞的精灵一般的优美,鱼缸里的水,因为它快活的表现,而不再平静。

那清闲自由的样子,把心事流泻在水面上,然后蒸发到空气中,便不再与它有任何关联。如此洒脱,想必只有鱼才能做得到吧。它在水中来回摇摆着告诉我:该生活得像它一样,活在清澈透明的空间里,一切都会好起来的!

我沉默着对着它微笑,为它每天展示给我的欢快,由衷地向它表示感谢。希望我的笑容像拥抱一样到位,也相信只有它能够感觉得到这份沉默的关爱。

坐在渐渐昏暗下来的房间里,单纯而宁静得像个小孩。我静静地体验着这样一份无声无息的爱,和鱼之间的爱。这是很久没有的感觉了,生活和心灵都非常寂寞,我相信我的鱼看懂了,也体验到了,要不它如何游得像个精灵,用肢体的语言,向我解释着快乐与忧伤,只是一念之间。

将要合上日记的时候,我的鱼还在摇动着它的大尾巴,似乎在对我说:我并不孤单,因为你都在。

——这是我的一篇日记,为我和我的鱼而写。

《与你同在》是写一个因为生活的琐碎而哭泣的女孩儿。当然,大部分可能是在写自己。我,要比想象的脆弱许多,也比想象中坚强。一些事、一些人,对我总是有种难以磨灭的淡忘,一些经历,对我也是刻骨铭心的。融入我的心境,离我远去,却永远停泊在我的灵魂里。

我一时难以分辨这是自己还是别人。在这个世界上,没有一个人是永远坚强或者永远脆弱。只要对每一段路程都保持一颗感恩的心，就够了。

与你同在

你站在人群里面，却显得有点荒凉。当然，这只是我一个人的感觉。在其他人的眼中还是蛮和谐的，就像一幅完美而宁静的图画，看上去还不错。唯一让人遗憾的是，在这个世界上，刚好就在你的身边有着这样一双眼睛，能够看见你哭过之后有些微肿、并且流露着淡淡忧伤的双眼，背后的苦衷。尽管你用非常可爱的笑容掩饰着你的内心世界、温柔而沉默地迎合着周围的人和事，这或许是你抵抗外界的一种方式，我相信那也是你抵抗的一种武器吧。我又是看得很清楚，也许我太过敏感，包括对自己。

不知道是不是我的眼睛看上去善良，或者是我的表情给了你安全感。我们偶尔会深谈一些彼此成长的故事，感伤的、快乐的、脆弱的时候你流下的泪水，我感动于你对我的那份信赖。在时间的流程里面，我知道我们的骨子深处，是有差异的。你相对要现实一些，这和你从小生活在优越的环境里有关系，也是难免的。而我是那种纯粹感性的人，不管什么事总要套上光环，那样会显得很美丽。虽然结果往往是残酷的，我也愿意保留着幻想时的过程。这是我和你的不同，但我相信这并不妨碍我能读懂你的心事，因为除了血缘，我们还有共同的东西，这个你信吗？

偶尔在室外，总是忍不住要抬起头来，数一数夜空的星星。我数的并不是它们的数量，而是它们之间的距离，究竟有多远。也如同地面上的心与心之间吗，虽然在同一个屋檐下生活，但却体会着咫尺天涯的感觉。像你我，总是找不到可以相信的人。在这个世界上，还不如与夜空中的星星近吧！虽然是天与地之间隔了一个圆，我想：这也是上天给予我们的命运吧！你呢，和我一样，也信吗？

关于命运你也说过一些，我知道，其实在你的心灵深处一定也有着一个不与人分享的地方。那里有你的梦、你最柔美的一面以及理想。那是命运也无法从你这里夺走的。它是完全属于你自己的，也是支撑你生活的一个动力，在你的精神世界里很稳固地支撑着你接受现实中的落寞，和那些被冰雪覆盖的亲情。你一路走过来，眼里流露出越来越清晰的坚强，就像你踏过的地方，一定还弥漫着花的清香吧。

对于你，一切都在往好里转化。也许你该相信上天，或许它还公平，至少它没有只让你一个人孤单地等那一叶知秋的美丽风景，而是在你身边安排了陪你一起走下去的人。那个人他会给你一辈子的幸福和温暖吧。到那个时候，再听你给我讲述命运，会是一幅完全不同的图画吧。只是，不要看上去有种荒凉的感觉。

让我们心中有爱地活下去，因为你正走在一条通往幸福的路上，我要静静地听你亲口对我说幸福。因为我理解你的幸福就像理解你的苦衷一样。为你高兴到泪也一并流下来，从内心深处与你同在。

所有的作品摊开来，我更喜欢杨的作品。那黄昏里绝美的画面，刻在我的心里，是一种永恒的唯美。

13

尾 声

尾 声

又是夏天了,一个绚丽多彩的季节,我对此竟是毫无知觉,心总是那么寒冷、荒凉、零下四度的状态。

病魔的利剑画给我一条异样的轨迹后,我的心是迷失的,孤单的,就算在家里,也永远有着异乡人的凄楚,脱了轨的心永远居无定所。

坐在安静的阳台上,洒满阳光的椅子里,面前摊开着几沓涂满字迹的纸张。那或浓或淡,在阳光下闪耀着光辉的字句,尽是些属于过去时日的前情往事。大概是真的长大了吧,对于昨日想念的诱惑,远远超乎对于明日的期冀，过去从未呈现得如此鲜活和具体，它像是一件正在发生的事情，摆布着我今天的情绪和心境。那些闪耀的年华，一幅一幅奢侈明亮的青春画面，总是让我泪流满面。

我是个彻底的念旧的人，喜欢回首自己来时的路，那些欢笑、哀伤、流过泪水的往昔，让我不断地回头张望、驻足、然后时光就扔下我，轰轰烈烈地朝前奔去，看着它们，我感伤着自己的老去。

我说过，只要把这几沓纸页涂满了，密密麻麻的就够了。说这话的时候，窗外是一片繁华景象，鞭炮声渲染着过年喜庆的气氛，我的心里却是空荡荡的凄凉。经过多少漫长的等待，却发现时间并没有流逝，我也并没有长大，坚强如我所愿，曾经刺痛我的眼睛，灼伤我心的一切，我依然不能坦然面对柔弱的自己，对此我怅然若失，在那一片的繁华里。

现在，整整五个月的时间过去了，我把这些纸页都涂满了。隔窗望去，天空、绿树和偶尔飞过的寂寞的飞鸟，仿佛都离我很遥远。我的内心并不感到快活，也不感到不快活，想来就是零下四度的感觉吧。

忽然天黑了，忽然天亮了，明天，我的明天！仍然有一堆算不上失望的失望，在等待着我。我笑了，这就对了，世界因此而正常，因此而继续。

后　记

　　当我写完这本书的全部正文的最后一个字时，唯一想做的就是：终于写完了！我终于可以用大块的时间不动笔，也可以让身心都彻底地休息一下了。这是我当时最清晰的一个想法。我累了，真的很累！这些手稿、这个心愿，比预想的要累人，却也比预想的出乎意料，怕也是"迷人"的吧。

　　整整五个月的时间，除去吃饭睡眠的五六个小时之外，都是在写字，不管有灵感、没灵感，也不管是倦意，还是走笔生趣的愉快，疲惫、疼痛相伴始终。如此坚持地写东西，以前不多，以后怕也不会多了吧。在我为了这些文字，陷入过去时日的欢乐与悲伤时，几不知窗外季节的变幻。除非不得已了，每日必须得写千字以上的篇页，才可心安。现在想来，如释重负的感觉，也有一丝的怅然若失。

当然，看着摊开来的纸页被我一页页涂满，"成就感"也是有的。那一点一滴的琐碎，片片段段铭心刻骨的记忆和沉重的叹息，所有的时光岁月紧密地包围着我，让我痛苦，也让我幸福。

如果非要问我：到底为什么而写？我会正襟危坐地告诉你：我只想留下点什么，留下一点我活着的见证。还有：希望那些拥有健康体魄和灵魂的人，在合上我的这本书以后，对生活会更感兴趣。这是其中最重要的一个因素，也是我坚持下来的动力和初衷。

最后，我要感谢那些持续给我温暖及伤痛的人，如果不是他们，我不会有那么多的力量。